D1541338

PANIQUE
DANS LA MÉNAGERIE

LES AVENTURES DES JUMEAUX GÉNIAUX

sous la direction de
Yvon Brochu

LES AVENTURES DES JUMEAUX GÉNIAUX

PANIQUE
DANS LA MÉNAGERIE

Christian Lemieux-Fournier

Données de catalogage avant publication (Canada)

Lemieux-Fournier, Christian

Panique dans la ménagerie

(Les jumeaux géniaux)
Pour les jeunes de 8 à 12 ans.

ISBN 2-7625-8590-2

I. Titre. II. Collection: Lemieux-Fournier, Christian. Les aventures des jumeaux géniaux.

PS8573.E546P36 1997	jC843'.54	C97-940440-1
PS9573.E546P36 1997	PZ23.L45Pa 1997	

Sous la direction de Yvon Brochu, R-D création enr.
Illustration de la couverture: Sylvain Tremblay
Conception graphique: Claude Bernard
Révision-correction: Marie Cimon
Mise en page: Jean-Marc Gélineau

Dépôts légaux: 3e trimestre 1997
Bibliothèque nationale du Québec
Bibliothèque nationale du Canada

ISBN: 2-7625-8590-2
Imprimé au Canada

10 9 8 7 6 5 4 3 2

LES ÉDITIONS HÉRITAGE INC.
300, rue Arran, Saint-Lambert (Québec) J4R 1K5
Téléphone: (514) 875-0327
Télécopieur: (514) 672-5448
Courrier électronique: heritage@mlink.net

LE CONSEIL DES ARTS | THE CANADA COUNCIL
DU CANADA | FOR THE ARTS
DEPUIS 1957 | SINCE 1957

Nous remercions le Conseil des Arts du Canada de l'aide accordée à notre programme de publication.

À Colin, mon tendre rêveur,
des mondes à reconstruire.

La rivière charrie de lourds blocs de glace et vient les déposer en monticules instables sur les rives. Il fait chaud pour la saison et toute la neige fondue laisse place à de grands lacs boueux. Noémie et Colin, chaussés de longues bottes en caoutchouc, marchent dans l'épaisse boue en relevant les pieds le plus rapidement possible. Ils essaient de produire de joyeux bruits de succion. De nombreux sons vaseux, des «strouch, stratch, splouch, bleurk, wartchedte, bloubbop...» du plus comique effet, accompagnent ces exercices et amusent beaucoup les jumeaux.

— Je suis certaine que nous sommes en train d'inventer une nouvelle gamme de sons, affirme Noémie avec fierté. Nous devrions peut-être noter toutes ces tonalités.

Ils n'ont pas songé à se munir d'un magnétophone. Cette musique indescriptible va peut-être se perdre à tout jamais. Quel dommage !

— On aurait pu tourner un film super avec tous ces bruits. Quelque chose comme *L'agonie du monstre de la boue*! s'exclame Colin.

Ce dernier imagine un bon film d'horreur ponctué d'une foule d'onomatopées qui claquent et collent aux oreilles. Puis, il glisse et tombe tête première dans une mare de boue épaisse et crémeuse.

Ayant revêtu le costume idéal en un temps record, il se relève en personnifiant le monstre qui crache la boue aussi loin qu'un cracheur de feu lance sa flamme. Dégoûtant!

— Ah! je m'enfonce dans les sables mouvants! Ma vie est aspirée! Noémie, aide-moi! Ah! Ah! Je meurs! Aide-moi! hurle Colin avec conviction.

— Profites-en pour me confier tes dernières volontés. Où as-tu caché ton testament? Merci pour tes disques, tes jeux électroniques, ton système de son portatif et tes livres, je vais en prendre bien soin. T'inquiète pas, j'irai déposer des pissenlits sur ta tombe, cher frère...

— Ha! Ah! Ah! Très drôle, marmonne Colin.

— Franchement! Tu pensais quand même pas que j'allais te croire. Ça fait une heure qu'on joue dans la boue. Je le sais bien qu'il n'y a pas de sables mouvants ici.

— MIOUHAWWHAOU! HAIOUOU...!

Un miaulement strident perce l'atmosphère. À n'en pas douter, un terrible cri de souffrance. Colin en est tout chaviré.

— Je pense que ça vient de l'île aux Pirates, dit Noémie.

— Allons-y!

Les jumeaux se précipitent dans la direction de l'atroce hurlement. Ils l'entendent de nouveau, plus puissant et plus bouleversant encore. Colin en a des frissons dans le dos. Le duo passe sous la clôture, dévale la pente, court et s'arrête à quelques mètres d'un petit garçon qui siffle et qui sourit. Le jeune, qu'ils ne connaissent pas, semble d'excellente humeur et il porte une tuque à cinq pompons phosphorescents.

— Bonjour! dit-il d'un ton merveilleusement doux et gentil.

Les jumeaux se regardent, incrédules. L'enfant, protégé par d'épais gants de cuir, tient solidement un chat par le cou et le maintient tout entier dans un profond trou de boue.

— Qu'est-ce que tu fais? s'exclame Colin.

— Tu vois bien, je m'amuse, répond gaiement le bambin en exhibant fièrement un tas de boue hurlant. Puis, il secoue le chat avec énergie pour qu'il se calme un peu.

— Laisse ce chat tranquille! Tu vois bien que tu le fais souffrir! s'écrie Noémie, outrée.

— C'est juste un chat. J'aime ça l'entendre crier. Regardez bien maintenant. Je vais l'attacher par les pattes et le chauffer un peu avec mon briquet.

— Pas question! Non, mais t'es fou! avance Colin, qui n'en croit ni ses yeux ni ses oreilles.

— Vous allez voir, c'est amusant. Un chat, c'est solide! On peut jouer très longtemps avec sans qu'il se fatigue. C'est plus difficile à tuer qu'on pense.

L'inconnu siffle et sort un fil de métal très mince.

— Du bon fil. Si le chat bouge trop, ça lui rentre dans la peau. Une fois même, un chat a failli se couper une patte. Ha! Je riais cette fois-là. Le chat hurlait, c'était pas croyable. Vous auriez dû le voir se sauver sur trois pattes en boitant...

Les jumeaux entendent très bien ce que l'enfant leur dit, mais ils ne le croient pas. Cela n'a pas de sens. Ce garçon est un vrai monstre!

Le jeune bourreau sourit aimablement. Le chat se débat avec énergie. Malgré quelques bonnes taloches sur la tête, il ne se tranquillise pas du tout. Il ne veut pas être attaché à l'arbre et il réagit fortement. L'enfant ne se laisse pas arrêter par ce sursaut d'énergie et replonge vigoureusement le félin dans la boue. Puis, tout en le retenant au sol, il saute à pieds joints sur le chat à demi-noyé.

— Il va se calmer un peu, explique-t-il aux jumeaux.

Noémie et Colin se regardent. «Non, mais! Sur quelle planète vivons-nous?» Tout cela se passe si vite et ressemble si peu à un comportement cohérent que les jumeaux en sont déstabilisés et paralysés pour un moment. Puis, des éclairs dans les yeux, Colin revient à lui et s'élance...

Colin, judoka agile, saisit l'enfant par le revers de son manteau et exécute un *ippon seoe nage* très réussi. Le tortionnaire est retourné comme une crêpe et retombe lourdement dans la boue, cul par-dessus tête. Sa chute provoque des vagues et l'enfant est submergé un bref instant.

Noémie caresse le chat et lui enlève une couche de boue. Le félin s'enfuit à toutes pattes sans dire merci. Ce chat n'est pas mal élevé : il considère simplement que son pressant rendez-vous avec la vie lui permet de se soustraire à la plus élémentaire des politesses.

— Vous êtes fous ! Je suis tout sale maintenant ! Mes parents vont me chicaner, braille le garçon aux pompons beaucoup moins colorés maintenant.

— Toi, là ! Espèce de...! grogne Colin, en réprimant difficilement une puissante envie de frapper le monstre.

— Colin, arrête ! dit Noémie en s'approchant de son frère et en lui touchant l'épaule. Et toi, espèce d'imbécile ! Tu n'es qu'un petit vaurien !

Le jeune inconnu se relève en maugréant et en décollant les plaques de boue qui salissent ses vêtements. Il n'en revient pas. « Ils sont fous ces deux-là ! Tout ça juste pour un chat ! »

se dit-il en s'inquiétant de la réaction de sa mère.

— Juste pour un chat, marmonne-t-il.

— Hein? Qu'est-ce que tu dis? s'écrie Colin, encore sous l'emprise de la colère.

— Juste pour un chat! Vous êtes fous de m'attaquer juste pour un chat, réplique le petit bourreau.

— Tu sauras qu'un chat, c'est vivant! s'exclame Noémie, indignée.

— Pis après? Y a rien là. J'vous ai rien demandé. Je jouais tranquillement avant que vous arriviez.

— T'as pas le droit de faire mal aux animaux! Espèce d'épais! rugit Colin.

— Épais toi-même! Pis, laissez-moi donc tranquille vous deux.

Il est incroyable ce garçon. Non seulement il ne regrette pas d'avoir maltraité un animal, mais en plus il provoque deux enfants plus grands que lui. Plutôt insensé comme comportement, vous ne croyez pas?

Colin, les mâchoires serrées, grince des dents. Noémie se demande quoi faire avec cet hurluberlu.

— Est-ce que ça t'arrive souvent de «jouer» avec les animaux? demande-t-elle sur un ton qui se veut amical.

Colin est surpris et regarde sa sœur. Il se demande comment elle arrive à parler au petit monstre sans se fâcher. C'est que Noémie est une fille rapide. Elle a déjà une idée derrière la tête. Derrière? D'ailleurs, je me demande pourquoi on dit toujours «derrière la tête», alors que l'idée ne peut être ailleurs que dans la tête. Bon. Noémie a déjà un plan...

Le petit inconnu hausse les épaules, la regarde en faisant la moue et ne répond pas. Colin est encore fâché. Noémie sourit gentiment.

— Je m'appelle Noémie. Toi, quel est ton nom?

— Ludovic, répond le jeune bourreau avec surprise et inquiétude.

— Enchantée de faire ta connaissance. T'as un beau prénom. Ludovic, je te présente mon frère Colin.

Ce dernier ne désire pas être gentil. Du moins, pas encore. Il bougonne tout de même un bref «Salut!». Les trois enfants marchent maintenant en direction de la rue. Les deux garçons sont très sales, surtout Ludovic. Il est vraiment dégoûtant et les pompons de sa tuque ne sont plus phosphorescents du tout. Ils sont d'un beau brun boue.

Noémie parle du temps qu'il fait, de l'école, d'un tas de choses. Colin comprend qu'elle essaie d'amadouer Ludovic, alors que lui-même aurait plutôt envie de le pousser.

— Veux-tu qu'on aille te reconduire? Si on voit tes parents, on va leur dire qu'on t'a vu glisser, que c'est un accident.

— Ça me dérange pas, répond Ludovic.

Après quelques minutes d'apprivoisement,

Ludovic se met à parler. Il est très *placoteux* ce garçon. Très, très... Et il parle vite, comme s'il disposait de peu de temps et qu'il lui fallait en dire le plus possible, le plus rapidement possible. Il est dans le quartier depuis deux mois; avant, il vivait au nord de Laval. Il est fils unique, des fois il s'ennuie, il a déjà eu la varicelle, il aime les patates frites et les saucisses à hot dog, il s'est déjà cassé une dent en mordant dans une pomme gelée, il a une tante bizarre et patati et patata. Et il est drôle! Même Colin se surprend à sourire aux plaisanteries de Ludovic.

— Est-ce que tu vas à l'école près d'ici? demande Noémie avec intérêt.

— Ben oui, je vais à l'école Saint-Étienne. Vous savez, l'école à côté de la Caisse populaire. C'est pas loin, juste à deux rues de chez nous. J'suis en troisième année. C'est normal, j'ai neuf ans. J'haïs pas ça. J'aime pas trop ça non plus. C'est toujours Nicole qui décide de tout. Nicole, c'est ma prof. Une heure pour une affaire, le français ou les maths, après on change. Quand je commence à aimer quelque chose, on passe à autre chose. On dirait qu'elle le fait exprès.

Colin, à son insu, approuve de la tête. Lui aussi a un petit problème avec l'autorité et il n'aime pas tellement qu'on lui dise toujours quoi faire. Il comprend donc très bien Ludovic.

— Ça doit être normal. C'est comme ça

l'école. Nicole dit qu'elle doit décider parce qu'on est trop nombreux. Ce que j'aime le plus, c'est faire des présentations orales. Là, c'est moi qui parle, je choisis mon sujet, pas toujours mais souvent, et personne a le droit de m'interrompre ou de me contredire.

Tout à coup, Ludovic se penche, ramasse une pierre et la lance avec force en disant: «Regardez bien ça!» Un petit chien sursaute, hurle un bref «Kaï!», du genre coup de klaxon défectueux, et s'enfuit. Ludovic rit. Colin prend le garçon par l'épaule et le secoue.

— Qu'est-ce qui te prend? Ce chien-là t'a rien fait! dit-il, très en colère.

— Pis après?

— Arrête de faire mal aux animaux! ordonne Noémie, en haussant le ton.

Dommage. Les jumeaux commençaient à trouver Ludovic plutôt sympathique. Ce geste leur rappelle la torture du chat et ils se montrent maintenant beaucoup plus froids avec le bourreau. Pendant quelques minutes, personne ne dit mot. Noémie prend une grande inspiration et essaie de sourire en questionnant Ludovic.

— Est-ce que tu habites loin d'ici?

— Non, c'est pas loin, on est presque arrivés, répond Ludovic.

Il y a de la tension dans l'air. Cela empêche Ludovic de se remettre à *placoter*. Bien qu'il ait envie de s'éloigner, Colin reste avec eux. Noémie aimerait reprendre la conversation avec Ludovic, mais elle est trop fâchée contre lui. Elle ne pourrait pas retrouver le ton amical qui le mettrait en confiance. Le silence est pesant. Heureusement que Ludovic n'habite pas loin.

— Bon. On est rendus, dit Ludovic en montrant une maison unifamiliale de couleur verte.

— Salut! réplique sèchement Colin.

Noémie regarde la maison et les alentours avec attention. Elle veut se rappeler où il habite. Ludovic avance seul vers la porte d'entrée.

— Veux-tu qu'on revienne te voir? Pour jouer avec toi? demande tout à coup Noémie.

Colin regarde sa sœur avec étonnement. Ludovic est surpris. Il se retourne en fronçant les sourcils.

— Si vous voulez, ça me dérange pas.

Vous n'auriez pas vu ma Mimine par hasard? J'ai perdu ma Mimine, ma si belle chatte, de race pure, avec pedigree et tout, vous imaginez... Mimine! Mimine! Ah! Bonjour les enfants! Je suis assez énervée, ma Mimine est partie et vous savez comme je l'aime.

Madame Gignac, une voisine des jumeaux, est dans tous ses états! Mimine, sa belle chatte persane, son amie depuis tant d'années, n'est plus au bout de sa laisse. Elle était dehors depuis une petite heure et...

— Je l'avais attachée, vous pensez bien. Je l'ai peut-être mal attachée? ajoute tout à coup madame Gignac. C'est de ma faute! Ah! s'il fallait que je la perde!

Elle est si affectée qu'elle fait deux ou trois fois le tour de la borne-fontaine, au cas où Mimine serait cachée derrière et s'amuserait à en faire le tour. Ce qui est peu probable, vous en conviendrez avec moi.

Même s'ils considèrent qu'il est ridicule d'attacher un chat, Noémie et Colin sont sensibles à la peine de leur voisine et ils essaient de la réconforter.

— Ne vous en faites pas, madame Gignac, elle va sûrement revenir. Vous la traitez si bien, pourquoi se sauverait-elle? dit gentiment Colin.

— Colin a raison. Vous savez, madame Gignac, les chats ne s'éloignent jamais beaucoup de leur foyer et Mimine vous aime tellement, ajoute Noémie.

Madame Gignac sourit. Elle est heureuse de constater que les enfants voient à quel point Mimine l'aime. Surtout qu'elle est souvent déçue par l'ingratitude de sa Mimine adorée.

— Votre chatte est spéciale. Tous les voisins savent qu'elle vous appartient; si quelqu'un la voit, il va sûrement vous la ramener, affirme Colin.

— Vous devriez afficher une annonce au babillard de la Caisse populaire et à celui de l'épicerie, suggère Noémie.

— Bonne idée! Avec une photo! Est-ce que vous avez des photos de Mimine? demande Colin.

— Ah oui! J'en ai des centaines, toutes plus belles les unes que les autres, répond madame Gignac avec enthousiasme, soudainement très encouragée par les propos des jumeaux. Vous avez raison! Il faut que j'affiche un avis de recherche. Je vais même offrir une récompense. Si quelqu'un la voit, il va sûrement me prévenir. Merci beaucoup, les enfants! J'y vais de ce pas.

Madame Gignac s'éloigne en marmonnant. «Mais quelle photo vais-je choisir? Peut-être celle avec le ruban rose, Mimine est si belle là-dessus; par contre, on la voit peut-être mieux sur l'autre photo prise devant le réfrigérateur.

Non, plutôt celle sur le coussin vert avec le livre...»

Noémie et Colin n'ont même pas le temps de répondre. Madame Gignac est déjà partie. Surpris, les jumeaux la regardent entrer chez elle à vive allure. Une dame habituellement si calme et si posée. Je vous parie qu'elle va passer le reste de la journée à regarder des photos de sa Mimine... Mimine couchée, debout, assise, étendue, mangeant, miaulant, sautant, griffant le canapé. Mimine de dos, de dessous. Mimine mille fois, sous tous les angles. Mimine au bain ou à la plage...

— Vraiment une journée chat-leureuse! fait Colin en souriant. Il frotte ses vêtements pour en décoller la boue séchée.

Les jumeaux se dirigent vers leur demeure.

— Je pense qu'on devrait faire quelque chose pour Ludovic, dit Noémie, songeuse.

— Quelque chose comme le pousser devant un rouleau compresseur ou le noyer dans la rivière, réplique Colin.

— Franchement! reprend Noémie en riant. Son cas est sérieux, tu sais. Il ne se rend même pas compte de la gravité de ses gestes. Pour lui, torturer un animal, c'est normal, juste un jeu.

— On pourrait lui rendre la pareille! Hein? Qu'est-ce que t'en penses? Comme ça, il comprendrait! s'exclame Colin tout en mimant un bourreau heureux de faire subir mille sévices à un client.

— T'es sadique aujourd'hui! dit Noémie avec bonne humeur. C'est vrai qu'il est énervant. Mais ce n'est pas une bonne idée de répondre à la torture par la torture. Ce n'est pas de cette façon qu'on va changer Ludovic. Il faudrait plutôt l'amener à aimer les animaux, pense Noémie à haute voix.

— Ludovic! Aimer les animaux! Tu rêves en couleurs! On devrait plutôt le dénoncer à la Société pour la prévention de la cruauté envers les animaux. Eux autres s'occuperaient de ce...

Colin cesse de parler parce qu'il ne veut pas dire de grossièreté.

— C'est pas fou ça, la SPCA. On pourra toujours les appeler plus tard. Avant, on devrait essayer quelque chose nous-mêmes. Un genre de thérapie douce...

— Ouais, peut-être. Pour Ludovic, ça va prendre un gros lavage de cerveau! Avec beaucoup de savon! s'exclame Colin avec conviction.

Colin a pris un bain et il a changé de vêtements. Pas croyable à quel point la boue peut s'infiltrer partout. Il en avait jusque dans les oreilles. Maintenant, il est aussi propre qu'une voiture fraîchement sortie d'un lave-auto.

Tout en dînant, les jumeaux ont continué à discuter du cas Ludovic et ils se sont mis d'accord pour tenter une rééducation. Cependant, ils se sont vite aperçus qu'ils manquaient d'arguments efficaces pour convaincre le jeune bourreau.

— Nous avons besoin de livres sur les animaux. Il faut en savoir plus sur les services qu'ils rendent à la société, s'est écriée Noémie entre deux cuillerées de soupe aux légumes.

— Ouais, mieux vaut se préparer, dit Colin. On devrait aussi trouver des informations sur la zoothérapie. Prends le cas de madame Gignac, par exemple. Tu sais, des personnes retrouvent goût à la vie et se soignent mieux grâce à la présence d'un animal de compagnie. Il me semble que c'est un bon argument en faveur des animaux.

— Oui! Franchement, t'as une bonne idée. Et puis, c'est beaucoup plus constructif que de taper sur Ludovic à coups de bâton de baseball.

Noémie sourit à son frère, ce qui laisse apparaître ses fossettes de joyeuse coquine.

— Ouais, c'est vrai, quoique... et Colin rit en songeant à une partie de baseball avec Ludovic comme balle.

Les jumeaux se dirigent vers la bibliothèque municipale. Ils *placotent* de tout et de rien en riant parfois aux éclats. Ils profitent toujours du samedi pour se détendre et pour oublier leur «dure» semaine d'école. Tout à coup, un homme très grand, d'une soixantaine d'années, s'approche d'eux.

— Bonjour, les enfants! Je m'excuse de vous déranger, mais j'ai perdu mon chien il y a quelques jours. Un très beau chien gris, un pékinois... Vous ne l'auriez pas vu par hasard? Attendez, je vais vous montrer une photo.

Noémie sourit en imaginant le pékinois faisant une balade dans le parc avec ce géant. L'homme tend aux enfants une photocopie sur laquelle on voit bien le chien et où sont également inscrits le nom et le numéro de téléphone du propriétaire.

— Et puis? Est-ce que vous l'avez vu? Les jumeaux regardent la photo à tour de rôle et répondent par la négative. Dommage. Je vous laisse tout de même la photo. Si jamais vous le voyez, vous n'avez qu'à me téléphoner. Ah oui! J'offre une récompense de cent dollars. Vous pouvez en parler à vos amis.

— Nous allons ouvrir l'œil. Vous pouvez

compter sur nous, affirment les jumeaux en duo.

— Merci beaucoup, dit l'homme en repartant à la recherche de son précieux *pitou*. Puis il se retourne et dit avec émotion : Il s'appelle Télesphore.

— Pardon ? réplique Noémie.

— Mon pékinois. Il s'appelle Télesphore.

— Ah ! Bon.

L'homme marche rapidement et regarde partout avec attention. Les jumeaux examinent la photo de Télesphore.

— Pauvre chien, dit Colin avec un petit sourire en coin.

— Franchement ! Télesphore, c'est pas un nom de chien ! Pourquoi pas Dardanelle, tant qu'à y être ? ajoute Noémie en glissant la feuille dans sa poche.

Les jumeaux pressent le pas en direction de la bibliothèque tout en parlant de la récompense.

— Une belle somme, pense Noémie tout haut.

— Hé ! Nous pourrions devenir chasseurs de primes d'animaux ! s'écrie Colin en s'imaginant déjà millionnaire.

Un chien en difficulté attire soudainement leur attention. La boule de poils semble fuir un grand danger. Les jumeaux rattrapent le pauvre animal, un chow-chow, et le libèrent des nombreuses ficelles attachées un peu partout. Des boîtes de conserve, des pièces de métal et divers objets bruyants noués tout au long de ces cordes produisent un incroyable tapage.

Colin se penche vers le chien et le caresse. En regardant derrière lui, il aperçoit, mal dissimulé par une haie décorative, un Ludovic tordu de rire.

CHAPITRE 5

Dans un vieux garage désaffecté qui défie les lois de la gravité, un groupe de très jeunes adultes écoute les recommandations de Johnny :

— Faudrait pas aller trop vite. Si on en fait trop la même journée ou dans le même quartier, on va finir par se faire remarquer.

Nancy, seize ans, admire Johnny en battant des paupières. Elle n'entend rien de ce qu'il dit, juste un très agréable petit fond musical qui accompagne une pensée troublante : «Mais ce qu'il est beau, ce Johnny! Ouf!»

Les autres sont écrasés ou étendus sur de vieilles banquettes d'automobile. Sam se joue dans le nez avec application. Il n'a l'air de rien en ce moment, ou plutôt il a l'air tout à fait dégoûtant avec les doigts bien enfouis dans son appendice nasal, mais c'est un rapide. Malgré son allure de grand singe paresseux à la retraite, il peut vous piquer votre sac d'école en une fraction de seconde. Ce qui n'est pas très gentil de sa part, je suis bien d'accord avec vous. Un lièvre déguisé en tortue. C'est ce qui fait la force de Sam.

Simon tire les poils de sa moustache; elle ne pousse pas assez vite à son goût. Une moustache, c'est bien pour faire un homme de vous. Viril et tout. Mais c'est tellement d'entretien... Simon se demande s'il ne devrait pas la raser. Surtout qu'elle n'a pas vraiment tenu ses promesses. Il n'a pas plus de succès auprès des filles depuis qu'il a des poils sous le nez. Oui, il va peut-être la raser, quoique...

— Est-ce que vous m'écoutez? hurle Johnny en donnant un bon coup de pied sur un bidon d'essence vide.

Le bidon frappe de plein fouet un mur de blocs de ciment, se casse le bouchon et rebondit sur une cage. Un chien se met à japper, puis un autre l'imite, un chat miaule, un perroquet cause, ou plutôt jure comme un bûcheron, un chien grogne, un autre pleure... Cacophonie dans la ménagerie!

— Vos gueules! crie Johnny, hors de lui.

Les animaux haussent le ton. «Nous, on s'en fout de Johnny!» grognent-ils. Pénible ascension des décibels. Insupportable! Johnny serre les poings. Simon se lisse à nouveau la moustache. Sam bâille. «Même fâché, il est beau ce Johnny», se dit Nancy en soupirant.

Johnny va s'asseoir. Il a presque le goût de pleurer, mais il n'a pas le droit. Un chef qui pleure! On n'a jamais vu ça! Il est découragé. Il vient tout juste d'expliquer un coup super dans une animalerie, d'esquisser un plan, de parler pendant quinze minutes et de demander: «Qu'est-ce que vous en pensez?» Il aimerait un peu d'enthousiasme de la part des membres du groupe. Le gang, muet comme une carpe malade, ne dit pas un mot, ne bouge pas d'un poil. Exactement comme si Johnny avait parlé à une poignée de porte. Déprimant!

— Pas facile à vendre ces animaux-là, affirme Josée en écrasant un mille-pattes qui passait par là. On risque d'être obligés de les garder longtemps. Ce serait mieux de trouver l'acheteur avant, ajoute-t-elle tout en mâchant une gomme avec application.

C'est fou ce qu'elle peut en mâcher de la gomme cette fille! Elle est devenue très forte des mandibules et ses joues se comparent à des biceps de lutteurs. Comme toute bonne *mastiqueuse*, Josée réfléchit toujours longtemps avant de parler, très longtemps.

Johnny se lève d'un bond.

— J'ai un acheteur!

Nous sommes bien contents que tu sois venu, Ludovic, dit Noémie en souriant de toutes ses dents.

Elle fait un petit signe de tête à Colin pour l'encourager à se forcer un peu. Il a vraiment de la difficulté à supporter Ludovic. Il arrive tout de même à desserrer un peu les lèvres.

Les trois jeunes descendent dans la salle de jeux. Les jumeaux ont judicieusement laissé traîner quelques livres sur la petite table : *Nos amis les animaux, Lassie, Ces héros à quatre pattes, Les chats et l'Égypte des pharaons, Moby Dick...* Ils ont également loué plusieurs films : *Benji, Rintintin, Babe, Dodo le dauphin danseur, Ace Ventura Pet Detective, Flipper* et quelques autres du même genre qu'ils ont empruntés à des amis. Ils pensent à cette journée depuis une bonne semaine. Surtout Noémie, qui a même lu un livre de psychologie pour mieux analyser Ludovic. Il faut dire que ce petit garçon est un cas rare qui exige de gros efforts de compréhension. On se demande vraiment d'où il sort et comment il peut être aussi insensible. Heureusement pour les animaux qu'il n'y a pas beaucoup d'enfants comme lui !

— Ludovic, demande Noémie supergentiment, veux-tu jouer à quelque chose en particulier ? Y a-t-il un jeu qui te plairait davantage ?

Colin considère que sa sœur en fait vraiment trop. «Elle n'a jamais été aussi gentille avec moi, son propre frère!» songe-t-il tout à coup, très vexé et jaloux de constater que ce monstre de Ludovic reçoit davantage d'égards et d'attention que lui-même. «Il y a des limites à tout!» se dit-il en se raidissant quelque peu.

Ludovic est gêné. Il ne sait trop que répondre. Il ne connaît pas tous les jeux que les jumeaux possèdent et l'amabilité de Noémie l'étonne. Les filles n'agissent pas ainsi d'habitude. Il se dandine sur un pied, puis sur l'autre. Ils sont trop gentils avec lui. C'est surprenant! Et un peu inquiétant. En pensant à tout cela, au jeu à choisir, à l'amitié soudaine des jumeaux, à ce qu'il devrait faire, Ludovic est déconcerté. Soudain, il voit passer Minouche, la chatte des jumeaux.

— Ah! Vous avez un chat! s'écrie Ludovic avec ravissement. Il sourit et suit tout de suite Minouche.

Quelques secondes plus tard, de la pièce d'à côté, on entend un miaulement d'exaspération.

— Ludovic! Veux-tu revenir ici! exige Colin. Et laisse notre chatte tranquille!

— J'ai rien fait, répond Ludovic en revenant auprès des jumeaux. Je voulais seulement la prendre.

— Comment voulais-tu la prendre? questionne Noémie en fronçant les sourcils.

— Par la queue, voyons! C'est ça le plus facile, rétorque Ludovic.

— Par la queue! s'exclame Colin avec surprise. Il n'est pas croyable ce Ludovic.

— Oui, par la queue! C'est fait exprès pour ça. La queue, c'est comme une poignée: c'est long, c'est pas trop gros, c'est bien placé... J'prends toujours les chats par la queue, moi.

— T'es fou ou quoi! objecte Colin. Les chats n'aiment pas se faire tirer la queue.

— On le sait pas! Les chats parlent pas! réplique Ludovic.

— T'es pas sérieux, j'espère! s'écrie Colin, visiblement outré.

Ludovic regarde Colin avec de grands yeux innocents. «Il a l'air sérieux!» pense Noémie, ébahie. Ludovic est vraiment un cas intéressant! Noémie voit immédiatement l'aspect scientifique de la situation et elle anticipe la transformation psychologique de Ludovic, grâce aux bons soins qu'elle et son frère lui prodigueront.

— Si tu touches encore à mon chat, tu vas avoir ça dans le front! rage Colin en montrant son poing.

Ludovic est inquiet. Colin ne plaisante sûrement pas. Noémie ne souhaite pas du tout qu'ils en viennent à la bataille. La poursuite du travail scientifique serait menacée. Elle s'approche de son frère et tente de l'amadouer:

— Colin, calme-toi. Pense à notre mission, murmure-t-elle à son oreille.

— Toi, tu penses juste à tes expériences. On dirait que ça te dérange pas qu'il fasse mal à Minouche, grogne-t-il tout bas.

— Bon... Je pense que je vais m'en aller, dit Ludovic un peu gêné et apeuré.

— Non, voyons, reste! C'est juste un petit problème qu'on peut arranger facilement, affirme Noémie avec empressement. Veux-tu des bonbons? ajoute-t-elle en souriant.

Colin ne s'habitue pas. Noémie en fait vraiment trop. C'est bien beau d'avoir un plan et tout, de vouloir modifier le comportement dangereux et insensé d'un jeune inconnu, mais il ne faudrait pas oublier l'essentiel, c'est-à-dire le bien-être des animaux dont nous avons la responsabilité. Colin décide de ne plus laisser Ludovic s'approcher de sa chatte, sinon gare à lui.

— J'ai une bonne idée: on va regarder un film, suggère Noémie en souriant. Elle insère tout de suite la cassette dans le magnétoscope. C'est un très bon film, ajoute-t-elle. Il a presque gagné un Oscar. Il raconte l'histoire d'un cochon qui devient gardien de moutons, explique gentiment Noémie pour intéresser les garçons.

— Est-ce qu'il termine sa carrière en jambon? dit Ludovic en riant.

Sa blague tombe vraiment à plat. Gêné, il se croise les bras et regarde le film sans cesser de penser au jambon et aux saucisses. Colin l'observe du coin de l'œil. Les deux garçons sont maussades. Noémie se demande comment détendre l'atmosphère. Pendant un petit moment, les trois enfants regardent le film sans dire un mot et semblent s'amuser autant qu'une poubelle grise à poignées dans une entrée de garage.

— Où est-ce qu'il est rendu, votre chat? demande mollement Ludovic en se penchant pour regarder sous les meubles.

Colin respire profondément. Noémie a tout de suite une idée brillante et saute sur l'occasion pour détourner la conversation.

— Ludovic, demande-t-elle mielleusement, savais-tu que les anciens Égyptiens adoraient les chats et qu'ils croyaient que ces félins étaient la réincarnation d'une déesse?

Ludovic ne s'intéresse pas du tout à cette question et il hausse les épaules avec dédain. Noémie est déçue de sa réaction. Sa rééducation sera plus ardue que prévu. Colin, qui est futé et qui connaît bien le sujet, ajoute avec emphase:

— Les Égyptiens de cette époque aimaient tellement leurs chats qu'ils les momifiaient parfois après leur mort.

Ludovic lève un œil. Curieusement, cette fois-ci le thème abordé semble lui plaire énormément.

— Momifier les chats? Bonne idée! Comment on fait? questionne-t-il avec curiosité.

Noémie fait un clin d'œil à Colin pour le remercier d'avoir abordé le sujet sous cet angle. Elle se réjouit de constater que Ludovic accepte de discuter. Elle pourra ainsi lui parler de l'importance des animaux et des bienfaits qu'ils procurent à la société.

— La momification, explique Noémie, est un très vieux procédé. Les corps étaient séchés, parfumés et enroulés dans des bandelettes de tissu. C'est très compliqué et peu intéressant. Pense à l'importance du chat dans cette société. C'est incroyable!

— C'est un peu comme embaumer? demande Ludovic.

— Hein? réplique Noémie, qui n'a pas bien compris.

— Momifier, est-ce que c'est comme embaumer? redemande Ludovic.

Colin lève les yeux au ciel et s'impatiente déjà. Il voit bien que Ludovic ne s'intéresse qu'à l'aspect morbide de la question.

— Mais non, pas tout à fait, répond Noémie un peu à contrecœur, car elle n'a vraiment pas le goût de parler d'embaumement ou de momification. Disons que momifier, c'est sécher le corps et qu'embaumer, c'est plutôt le vider et mettre autre chose à la place.

— Comme empailler? questionne de nouveau Ludovic.

— Oui, peut-être, soupire Noémie, je ne sais pas. Ce n'est pas très palpitant ces questions de mort et de momie.

Il y a de l'exaspération dans la voix de Noémie. «Il est agaçant ce Ludovic avec ses

questions macabres», pense-t-elle. Elle aimerait tellement changer de sujet et parler des
animaux avec affection.

— Savais-tu, raconte Noémie, que plusieurs
personnages célèbres ont aimé des chats? Par
exemple, Edgar Allan Poe, Balzac, Colette, le
cardinal de Richelieu. De nos jours, il y a le
journaliste Foglia et la chanteuse Mitsou.

— Est-ce qu'on peut sécher un animal en le
mettant dans un four à micro-ondes?
demande tout à coup Ludovic, bien absorbé
dans ses pensées.

— Mais non, voyons! Quelle idée! ne peut
s'empêcher de s'écrier Noémie avec mauvaise
humeur.

Colin voit le regard déçu de sa sœur. Il
comprend très bien qu'elle commence à se
décourager devant le comportement déprimant de ce Ludovic de malheur. Même s'il ne
croit pas beaucoup à ses chances de succès,
Colin décide d'essayer encore.

— Ludovic, dit Colin avec enthousiasme,
as-tu déjà pensé à l'importance des chats dans
les bandes dessinées et dans les dessins
animés?

Ludovic est surpris par la question de Colin.
Il hausse les épaules sans répondre. Noémie
sourit à son frère. Elle apprécie beaucoup ses
efforts pour participer à leur grand projet
scientifique. Colin, qui adore les bandes dessinées, continue sur sa lancée.

— Il y a Azraël, le chat de Gargamel dans

les Schtroumpfs, le chat-sourire Cheschire dans Alice au pays des merveilles, Félix le chat, Garfield, le chat Tom dans Tom et Jerry...

— Minouche est là! s'exclame Ludovic en apercevant le chat des jumeaux et en s'élançant à sa poursuite.

Noémie soupire de découragement. Colin, bouche ouverte, a encore quelques exemples sur le bout de la langue... Il les oublie bien vite en voyant Ludovic soulever Minouche par la queue.

— Laisse mon chat! ordonne Colin avec détermination.

Au même moment, Minouche miaule avec force, puis elle se retourne et donne un bon coup rapide de sa patte droite sur l'avant-bras de Ludovic. Ce dernier lâche instantanément l'animal en hurlant. Minouche se sauve à toute allure. À la vue du sang le long de son bras, Ludovic se met à pleurer. Minouche ne l'a pas manqué. Trois longues et profondes zébrures rouges lui strient la peau.

— T'avais juste à laisser mon chat tranquille! disent en même temps Noémie et Colin.

«Ce Ludovic! Il l'a bien cherché, tant pis pour lui. Il a ce qu'il mérite!» pensent les jumeaux sans s'émouvoir à la vue du sang.

— Votre chat est très dangereux, affirme Ludovic entre deux gros sanglots.

— C'est plutôt toi qui es dangereux, réplique Noémie d'un ton fâché.

Elle a abandonné l'idée de modifier le comportement de Ludovic au moyen d'arguments raisonnables. Ludovic pleure maintenant à chaudes larmes.

— Arrête de pleurer, on va te soigner, dit Colin.

Les jumeaux nettoient la plaie, appliquent un onguent et recouvrent le tout d'un bon pansement. Ludovic se calme peu à peu et lorsqu'il retourne chez lui, il ne pleurniche plus que très légèrement.

CHAPITRE 7

T'as vu, Colin? Il y a une photo de l'homme que nous avons rencontré l'autre jour dans le journal du quartier. Il remercie deux jeunes qui ont retrouvé son Télesphore adoré. Tu sais, le pékinois?

— Ah oui! Je me souviens, répond Colin en s'approchant.

— Il y a aussi un article sur les disparitions d'animaux. Il paraît qu'il y en a eu beaucoup ces derniers temps et que c'est inquiétant, poursuit Noémie.

Colin regarde la photo. Elle montre le pékinois dans les bras de son maître reconnaissant et les deux jeunes gens qui l'ont ramené.

— Hé! s'exclame Colin. Tu vois la fille qui a la main devant le visage? C'est la même qui a trouvé Mimine, la chatte de madame Gignac. Je t'en avais parlé: une mâcheuse de gomme redoutable. Elle m'avait regardé de travers quand j'étais passé à côté d'elle. Je l'avais trouvée un peu bizarre. C'est curieux quand même, la chatte de madame Gignac, le pékinois de cet homme-là...

— Ah oui! dit Noémie. On peut dire qu'elle est chanceuse.

— Chanceuse? Oui, c'est vrai, il y a les récompenses... C'est la première fois que je vois le moustachu qui est à côté d'elle, ajoute

Colin en regardant attentivement.

Les jumeaux lisent et relisent les articles concernant les disparitions d'animaux. Le journaliste estime qu'il s'agit d'un bien étrange phénomène. Les jumeaux cherchent d'autres photos et n'en trouvent pas. Ils reviennent à celle montrant le pékinois et les deux jeunes sauveurs.

— Regarde, Colin! s'écrie Noémie. Là, dans le coin gauche, au loin et à moitié caché derrière un arbre.

Colin examine attentivement le coin désigné par Noémie et reconnaît la minuscule tête qui espionne de loin le retour au bercail du pékinois adoré.

— Pas encore lui! s'exclame-t-il.

Eh oui! En effet, dans le coin de la photo, on voit devinez qui? En plein dans le mille: Ludovic le Terrible!

Noémie et Colin se regardent d'un air décidé, puis ils se lèvent en même temps et s'écrient: «Il faut en avoir le cœur net. Allons chez Ludovic!»

Ludovic déambule dans le boisé près de la rivière. Il s'ennuie et cherche quelque chose à faire. Après l'école, il préfère se promener plutôt que de rester seul à la maison. Ses parents sont séparés; il vit avec sa mère, qui doit travailler jusqu'à 18 heures chaque soir. Il a donc beaucoup de temps libre.

Ludovic s'assoit sur une grosse pierre. Il relève la manche de son chandail et admire sa blessure : le chat des jumeaux a tracé trois belles lignes droites tout à fait parallèles. Une belle blessure. Ludovic hausse les épaules. Il se met à lancer des cailloux en tentant d'atteindre un oiseau ou un écureuil sur une branche. Ludovic aimerait bien que son père vienne le voir plus souvent...

Il jette ses petites pierres tout en pensant qu'il n'a pas beaucoup d'amis. Tout à coup, il reçoit quelque chose sur la tête. Un bout de branche cassée, croit-il. Il continue à exécuter les mêmes gestes machinaux. «Bang!» Un autre projectile l'atteint. «Aïe!» Ludovic regarde autour de lui en fronçant les sourcils. Sûrement pas un accident. Qu'est-ce que c'est? Quelqu'un cherche à l'atteindre...

— Qui est là? demande Ludovic. Il entend un petit cri sec et reçoit un autre objet, cette fois sur l'épaule. Il pense alors aux jumeaux, plus particulièrement à Colin. Oui, c'est peut-être lui... Ludovic entend encore l'étrange cri et il voit les feuilles bouger dans le haut d'un arbre. Il est inquiet.

— Colin? T'es pas drôle!

Quelque chose l'atteint par-derrière. Ludovic est très surpris. Il y a à peine quelques secondes, il a vu quelque chose bouger devant lui. Il se retourne vivement. Un petit diable poilu et pourvu d'antennes blanches saute à côté de lui en criant. Ludovic recule, effrayé.

Le démon ou le troll à poils s'enfuit rapidement dans les arbres en glapissant, couinant ou criant. Ludovic ne sait trop que penser. Il se tient prêt et ouvre de grands yeux. Il a très peur et se dit pour se rassurer: «Voyons, Ludovic! Les trolls ou les farfadets n'existent pas.» Lentement, il retrouve son calme.

Même s'il n'y a pas beaucoup de feuilles, le... la... la «chose» réussit à se cacher en partie. Ludovic voit que c'est très poilu. «Probablement un animal!» Malgré son jeune âge, Ludovic sait bien que les vrais monstres n'existent pas, encore moins les diables poilus. En tout cas, c'est ce qu'il espère de tout cœur. «Un castor!» se dit-il. Mais il abandonne tout de suite cette idée farfelue. «Les castors ne grimpent pas dans le haut des arbres, voyons. Un raton laveur! Très poilu, des couleurs différentes, des lignes pâles... Ça doit être un raton laveur.» Ludovic se sent mieux. Il est rassurant de savoir à qui l'on a affaire. Il regarde attentivement et calmement en direction du raton laveur. «Bizarre, un raton laveur qui attaque sans raison.»

Ludovic se frotte les yeux. Le raton laveur se déplace dans les arbres avec aisance et... Ce n'est pas un raton laveur! L'animal poilu déambule d'une branche à l'autre en l'observant du coin de l'œil. Il est pourvu d'une très longue queue, plus longue que son corps.

— Un singe?

Ludovic n'en revient pas. Un singe? Un tel animal est en effet très rare dans nos forêts boréales. Ludovic l'examine. Il n'en a jamais vu comme celui-là, même pas à la télévision. Le petit singe ne ressemble pas du tout à un chimpanzé. Il est beaucoup plus petit, très poilu, assez trapu. Sa longue queue est striée de lignes blanches horizontales parallèles. Le singe est immobile et laisse pendre sa queue. Ludovic en profite pour compter les lignes blanches: quinze. L'animal est assez joli avec ses grands yeux bruns expressifs, son petit nez et son air intelligent. De chaque côté de la tête, au-dessus des oreilles, ce singe brun arbore un large éventail de poils très blancs et tout hérissés. Surprenant! C'est à cause de cette particularité que Ludovic a pensé à un diable lorsqu'il l'a aperçu.

— Va-t'en! crie Ludovic au singe en lui lançant une pierre.

Le singe se déplace avec agilité et évite

facilement le projectile. Il exécute plusieurs culbutes difficiles. Son petit cri nerveux ressemble à un rire. Une fois l'effet de surprise passé, Ludovic lance avec force des branches et des pierres en direction du singe. Curieusement, ce dernier semble s'amuser. Il doit sûrement penser qu'il s'agit d'un jeu. Entre deux culbutes et autres acrobaties, il s'approche du garçon.

— Veux-tu t'en aller? exige Ludovic avec impatience.

Au lieu de s'éloigner, le singe tourne autour de Ludovic. Il voltige d'une branche à l'autre tout en continuant à éviter les projectiles. Le garçon grogne de rage en cherchant ce qu'il pourrait encore lui jeter. Le singe est trop agile et trop rapide. Ludovic n'arrive pas à l'atteindre, même s'il s'approche tout près de lui. L'enfant se fâche. Le singe ne cesse de se moquer de lui et de le narguer. Il regarde Ludovic avec des yeux rieurs et émet de petits cris secs et joyeux.

Tout à coup, le petit singe-diable grimpe sur la plus haute branche et disparaît. Il est vrai que le singe n'est pas plus gros qu'un chat. «Où est-il?» Tout est silencieux. «Tant mieux! Il doit être parti», se réjouit Ludovic.

— Yacht thout! Yacht thout!

— Ah!

Le singe vient de sauter sur le dos de Ludovic. Ce dernier est mort de peur. Le petit animal se promène sur sa tête. Ludovic tente de le frapper, mais le singe l'évite habilement et il se frappe lui-même. «Trop, c'est trop! J'en ai ras le bol!» se dit Ludovic. Il profite d'un moment d'inattention du singe pour se sauver à toutes jambes. Il court à perdre haleine. Il s'éloigne le plus possible du terrible primate. Au bout d'une quinzaine de minutes, à bout de souffle, il est obligé de s'arrêter. Il s'assoit dans l'herbe, puis il s'étend sur le dos et ferme les yeux quelques secondes pour mieux récupérer.

— Ah non!

Lorsque Ludovic se relève, le singe est assis en face de lui et lui sourit.

CHAPITRE 9

Vous voulez voir Ludovic? Ce petit chenapan n'est pas ici, répond en pinçant les lèvres une dame très élégante.

— C'est dommage. Pourriez-vous dire à votre fils que Noémie et Colin sont venus le voir? demande gentiment Noémie.

— Dieu merci, ce monstre n'est pas mon fils! s'exclame la dame, épouvantée à cette seule idée. Elle porte les mains à son cou, comme pour se protéger d'un tel sort, et touche son collier de perles. J'ai la malchance de l'avoir pour neveu, c'est bien suffisant.

Les jumeaux se regardent du coin de l'œil et, d'un accord tacite, ils décident de faire parler cette femme qui semble connaître des choses intéressantes sur Ludovic.

— Ludovic est parfois un peu dissipé, mais ce n'est quand même pas un monstre, dit Colin, qui n'en pense rien.

En fait, il est plutôt de l'avis de la tante. Toutefois, il devine que c'est en défendant Ludovic qu'il parviendra à la faire parler.

— Ah oui! C'est ce que vous pensez, jeune homme. Si vous saviez ce qu'il a fait à mon Lulu adoré, vous ne diriez pas cela.

La tante s'émeut en pensant à son Lulu. Elle a les yeux brillants d'émotion et elle s'appuie contre le cadre de la porte.

— Votre Lulu? demande timidement Noémie, avec beaucoup d'hésitation. Elle ne désire aucunement réveiller la peine de cette dame.

— Mon caniche adoré! Mon Lulu! Champion québécois et même nord-américain de sa catégorie!

La tante de Ludovic fond en larmes. De gros sanglots la secouent. Elle fait peine à voir. On devine aisément que les actions de Ludovic l'ont profondément blessée.

— Voyez dans quel état je suis, juste à y penser, soupire-t-elle tristement. Elle s'évente doucement et s'assoit lourdement sur la première chaise à sa portée.

Les jumeaux regrettent de l'avoir questionnée. Ils ne croyaient pas que cela l'affecterait à ce point. Ils hésitent à poursuivre. La femme les regarde.

— Ne vous inquiétez pas. Je vais déjà mieux. De toute façon, il va bien falloir que je m'habitue, même si c'est encore difficile à accepter. Voilà déjà plus de six mois que c'est arrivé. Ma sœur, la mère de Ludovic, venait de se séparer et elle était en visite chez moi en compagnie de son fils. Nous étions assises au salon pendant que Ludovic jouait dans le garage avec Lulu.

Les jumeaux s'assoient dans l'escalier, juste à côté de la chaise de la tante et ils écoutent son récit avec intérêt.

— Il faut que je vous explique que mon Lulu est un chien de pure race, son pedigree est exceptionnel. Il a gagné une centaine de concours de beauté. Notre maison est pleine de médailles et de trophées qu'il a remportés. Mais c'est fini! Il n'en gagnera plus jamais.

Un lourd silence suit cette déclaration. Les jumeaux, par respect pour le chagrin de cette dame, ne disent plus un mot. La tante de Ludovic brise enfin le silence en donnant un bon coup de poing sur l'accoudoir de sa chaise et en s'exclamant avec véhémence :

— À cause de ce Ludovic!

— Est-ce qu'il a tué votre chien? questionne timidement Colin.

— Ah non, quand même pas! Je vois que vous le connaissez et que vous savez ce dont il est capable. Il ne l'a pas tué mais presque, ajoute-t-elle en s'emportant à nouveau. Attendez que je vous raconte ce qu'il a fait subir à mon Apollon de la race canine. Il a rasé mon Lulu par plaques, jusqu'à la peau, et il a ensuite versé du goudron et de la peinture sur le pauvre petit. Mon Lulu a eu très peur et cela l'a rendu nerveux. Il est maintenant très effrayé en public. Lulu ne peut plus participer à aucun concours. Je me demande bien pourquoi Ludovic a commis une telle action, soupire-t-elle.

Les jumeaux se regardent en silence. Ce Ludovic, tout de même! Quel sans-gêne! Un méchant numéro! La tante se lève.

— Je dois rentrer tenir compagnie à ma sœur. Si vous voyez Ludovic, voulez-vous lui

dire que sa mère l'attend et qu'elle aimerait
qu'il vienne faire ses devoirs.

— Bien sûr. Si on le voit, on va lui trans-
mettre le message. Sans faute, répondent les
jumeaux.

— Merci.

Ludovic n'en peut plus. Ce singe est un vrai pot de colle. L'enfant a beau courir à perdre haleine, se cacher, faire le mort, lui lancer des projectiles, l'insulter, cracher, grimacer d'épouvante, hurler à la lune..., le singe ne le lâche pas d'une semelle. Plus Ludovic l'agresse, plus le singe s'attache à ses pas. Le garçon ne comprend rien à cet animal. Admettons toutefois qu'il n'a pas du tout l'habitude de voir les animaux le suivre et l'apprécier. D'ordinaire, c'est tout le contraire qui se produit. Le singe s'approche tout près, le regarde en pleine face de ses beaux grands yeux tristes et lui sourit. Ludovic ne sait pas si les singes peuvent vraiment sourire, comme nous, mais il est certain que celui-là lui sourit. Oh, que si !

— On dirait que tu m'aimes, saleté ! crache Ludovic au singe Pot-de-colle. Le primate répond par une roulade et une pétarade de joyeux sons secs. Il saute ensuite au cou de Ludovic et l'embrasse.

— Laisse-moi tranquille ! T'es pas croyable !

Le singe recule, s'assoit et se gratte la tête. Soudain, Ludovic sourit d'un air malicieux. Je crois qu'il vient de trouver une bonne idée pour se débarrasser de Pot-de-colle. D'un grand geste affectueux, il invite le singe à venir près de lui. L'animal plisse son museau et s'approche lentement. Ludovic reste bien calme et tranquille. Pot-de-colle est tout près. Ludovic le prend doucement et délicatement dans ses bras. «Il n'est vraiment pas gros», se dit-il. Ludovic a l'impression de tenir un tout petit chien. Il le caresse. L'animal se laisse faire avec ravissement; il aime tellement cela qu'il ferme les yeux de plaisir. Ludovic en profite alors pour mordre bien fort le cou du singe. Pot-de-colle pousse un hurlement strident et se retourne, fâché, l'air de dire: «Ah! Ah! Tu veux tricher!» Il exécute alors un saut périlleux avant, atterrit sur la tête de Ludovic et lui assène un coup de poing assez fort pour lui secouer le cervelet. Le pauvre garçon voit quelques chandelles et une ou deux étoiles. Le singe s'éloigne en faisant la roue. Il s'assoit une seconde, puis d'un bond s'accroche à un arbre, complète trois beaux soleils autour d'une branche, retombe par terre, roule jusqu'à Ludovic à une vitesse supersonique et à son tour le mord violemment au cou, avant de lui donner une tape affectueuse derrière la tête. Après cette petite vengeance exécutée avec une parfaite maîtrise acrobatique, Pot-de-colle se dandine un peu, histoire de bien montrer à Ludovic qu'il est le plus fort et qu'il ne craint rien de lui. Il va s'asseoir à deux mètres.

Ludovic ne peut s'empêcher de pleurer en se frottant le cou. Il enrage de n'avoir rien vu venir. Il s'énerve et s'imagine qu'il étrangle

Pot-de-colle avant de regarder s'il a du sang sur la main.

Le singe l'observe avec nonchalance tout en lissant ses poils. Il ne semble même pas entendre les cris et les pleurs de Ludovic. Pot-de-colle se dirige vers un bosquet d'arbres et disparaît.

Ludovic pleure maintenant sans retenue. Il est beaucoup plus facile de se laisser aller seul qu'en présence de quelqu'un d'autre. La réaction du singe l'a étonné et secoué. Pot-de-colle ne s'est vraiment pas laissé faire. «C'est de ma faute aussi. Je n'aurais pas dû le mordre. Finalement, c'est moi qui ai commencé.» Ludovic se calme. Curieusement, reconnaître qu'il est le principal artisan de son malheur le console d'un seul coup.

Pot-de-colle revient et se rapproche lentement. Le singe s'arrête à une dizaine de mètres de Ludovic et lance doucement dans sa direction une vieille balle de tennis qu'il vient de trouver.

CHAPITRE 11

Johnny rage, grogne et jappe. Sa colère fait trembler les animaux en cage et craquer les murs du garage. Bref, il n'est pas content du tout.

— Bonne idée! Très bonne idée! La photo dans le journal! Pourquoi pas notre adresse et notre numéro de téléphone, tant qu'à y être?

Johnny frappe violemment le vieux bidon d'essence qui traînait par là. Mais j'y pense, ils ne font pas le ménage souvent dans ce garage; il me semble que ce contenant vide pollue depuis le début. J'espère que d'ici la fin de notre histoire un membre de ce groupe de délinquants finira par le ramasser. Donc, Johnny frappe le bidon et un beau perroquet ara au plumage éclatant le reçoit presque en pleine poire. Il ne se prive pas de causer et d'exprimer son mécontentement, l'animal. Je vous prie de me croire. Terrible! Monstrueux! Je ne peux vous répéter tout ce que ce perroquet a lancé comme jurons. Vraiment trop grossier! Je me demande d'où peut venir un animal aussi mal embouché...

Simon attend la suite avec inquiétude. Il a peur de Johnny, surtout depuis qu'il a encaissé quelques solides coups de poing en pleine figure. La perspective d'être frappé de nouveau ne le réjouit pas du tout. Le perroquet se calme enfin.

— Bon! Qu'est-ce que je disais? Ah oui, la photo! Johnny serre les poings et s'avance vers Simon.

— On ne pouvait pas savoir qu'il y aurait un photographe! dit Josée en mâchant sa gomme avec conviction.

Johnny se tourne vers elle en pensant: «Toi, recommence pas à essayer de mettre la chicane!» Il sourit.

— Peut-être. Tu viendras tout de même pas me dire que c'est une bonne chose d'avoir votre photo dans le journal, fanfaronne Johnny en regardant les autres.

Il essaie de mettre Josée en boîte et d'obtenir constamment l'appui du gang. Une rivalité de longue date existe entre Johnny et Josée. Cette dernière est ambitieuse et elle aimerait bien donner les ordres.

— C'est vrai que la photo nuit à nos projets, mais c'était un accident imprévisible. Il me semble que c'est pas mal plus grave de laisser échapper un singe de deux mille dollars, affirme la mastiqueuse, les poings sur les hanches.

Johnny avale de travers et pose sur Josée un regard perçant. Elle sait très bien qu'elle vient de toucher un point sensible. Lançant un sourire diabolique, elle profite pleinement de l'émoi que sa «remarque anodine» a suscité. Un silence chargé suit cet échange. Les opposants s'épient. Josée, triomphante, mastique. Quelques secondes s'écoulent.

— Personne n'aurait pu retenir le singe après avoir été mordu comme je l'ai été, se défend Johnny avec conviction.

— Peut-être! Moi, j'avais parlé de gants de cuir qu'on devait porter pour cacher nos empreintes digitales et pour éviter les morsures possibles, réplique Josée avec panache.

Elle ne va sûrement pas laisser passer sa chance de marquer des points. Surtout que c'est Johnny qui a commencé à attaquer avec l'histoire de la photo. L'occasion est trop belle. Elle se félicite d'avoir parlé des gants avant le coup de l'animalerie. Quelle idée de génie! Ainsi, elle aura toujours des arguments et des faits pour affronter Johnny.

Ce dernier n'avait pas l'intention de s'en prendre à Josée en parlant de la photo. Il voulait surtout montrer à Simon qui était le vrai patron. Il ne s'attendait pas à ce que Josée saute sur l'occasion pour le provoquer. «Elle ne perd rien pour attendre, celle-là!» pense Johnny en espérant que l'on ne parlera plus du cambriolage de l'animalerie. Une nuit tout à fait ratée! Sûrement l'un des plus gros échecs de sa carrière. D'autant plus qu'il disait à qui voulait l'entendre qu'il avait pensé à tout. Bombant le torse et imbu de fierté, il avait même accusé Josée, qui hésitait, d'être une peureuse et de manquer d'envergure. Oh! la! la! Quelle tuile! S'il avait su! Il n'aurait pas dit un mot, c'est sûr!

Le vol à l'animalerie fut un désastre majuscule! Le signal d'alarme retentit avant même le bris de la vitrine et Sam se coupa profondément à l'avant-bras en ouvrant la porte. Nancy glissa et fit tomber plusieurs tablettes en tentant de se redresser. Un tapage d'enfer à réveiller un mort! Adieu, le silence et la discrétion!

Et ce n'est pas tout! La chute des tablettes brisa l'aquarium du scorpion! Danger! Où s'était-il enfui? Un scorpion en balade, ce n'est pas très rassurant. C'est le moins qu'on puisse dire! De plus, la caisse était vide! Les animaux hurlaient à rendre l'âme et le singe avait réussi à s'échapper en mordant Johnny avec tellement de force qu'il lui avait arraché un gros morceau de peau.

L'évasion du singe représentait un coup dur pour le gang parce qu'ils avaient déjà trouvé l'acheteur et que ce dernier avait même versé un acompte de mille dollars. Pauvre Johnny! Le singe lui avait fait très mal! Johnny criait si fort que les autres membres du gang n'entendaient presque plus le signal d'alarme.

Le bruit des sirènes de six voitures de police apparaissant à deux coins de rue de là entraîna l'évacuation générale! Branle-bas! Fuite et poursuite!

Le gang eut tout de même de la chance. Malgré quelques petits désagréments, aucun membre ne se fit prendre au collet. Nancy dut se cacher dans une poubelle dégoûtante et

d'une puanteur terrible! À faire fuir les mouf-
fettes! Sam traversa un pâté de maisons à une
vitesse record; il est vrai qu'il faisait la course
avec deux pitbulls attachés à ses pas et qu'il
devait gagner à tout prix. Johnny se sauva
dans un petit bois et se perdit. Il tourna en
rond toute la nuit. Le pauvre égaré n'a
évidemment parlé de sa mésaventure à personne... Une nuit très stressante!

Johnny préfère donc oublier ce coup mal-
chanceux et passer à autre chose. Sam se
décrotte le nez et il ne semble pas du tout
réaliser qu'un épisode de la bataille des chefs
a lieu en ce moment. «Qu'il est beau ce
Johnny!» se dit Nancy. Simon respire d'aise: il
ne recevra pas de coup de poing sur le nez.
Josée savoure ce moment. Elle a réussi à trou-
bler le chef et à gruger un peu de son autorité.

— D'accord! On ne parle plus de la photo
dans le journal ni du satané singe. Maintenant
on pense à l'avenir, à notre enrichissement.
Avez-vous des suggestions?

Silence total. Même le perroquet est gêné et
se coupe le sifflet. Josée sourit. Johnny rougit.

Les jumeaux, impressionnés par le récit de la tante de Ludovic, réfléchissent en se promenant dans le boisé près de la rivière. Vraiment terrible cet enfant! S'attaquer à un pauvre petit caniche blanc sans défense. Quelle effronterie!

— Tiens! Quand on parle du loup..., s'exclame Colin en voyant Ludovic assis sur une pierre un peu plus loin.

Les jumeaux s'approchent avec la ferme intention de lui poser sans détour quelques questions concernant les disparitions d'animaux. Noémie fronce les sourcils et met les poings sur ses hanches. Elle fait penser à une maîtresse d'école qui va enguirlander sa troupe de cancres.

Ludovic semble songeur. Colin se prépare à dire «Bonj...» lorsqu'un puissant «Yacht thout! Yacht thout!», hurlé juste derrière lui, le fige sur place. Noémie arrondit les yeux de stupeur et se met à crier parce qu'on lui tire la tresse. Elle se retourne et voit un petit monstre à huppes blanches qui exécute une cabriole.

Ludovic se tord de rire. «Après tout, il est marrant ce singe! Quel grand comique!» se dit-il en se roulant par terre. Noémie est en colère. Elle déteste se faire tirer les cheveux. Colin est émerveillé à la vue de cet animal rare. Ludovic a déjà oublié son différend avec le singe et commence même à le trouver sympathique. Noémie se calme.

— C'est un singe! s'écrie Colin.

— Viens ici, Pot-de-colle, dit Ludovic.

Le singe obéit docilement et va s'asseoir à côté du garçon. Les jumeaux sont ébahis.

— Ce singe est à toi? questionne Noémie.

Ludovic a trop de plaisir pour répondre à la question. Même le singe donne l'impression de s'amuser énormément. Noémie fronce les sourcils. «Où a-t-il trouvé un tel animal? se demande-t-elle avec intérêt. Les singes ne courent pas les rues, c'est le moins qu'on puisse dire. Et celui-là est vraiment spécial, rare peut-être. Il ne ressemble pas du tout à un chimpanzé et il est beaucoup plus poilu qu'un capucin.» Noémie en a déjà vu de semblables dans un livre, mais elle ne se souvient plus de quelle espèce il s'agit.

Colin s'approche de l'animal avec un grand sourire. Il est charmé. «Ce singe est mignon comme tout!» pense-t-il en tendant la main pour le caresser. Pot-de-colle se retourne vivement et le mord au doigt. Blessé et déçu, Colin recule en criant.

— Hé, Ludovic! Dis à ton singe d'arrêter!

«Ce singe est formidable! Et puis, il me ressemble un peu», pense Ludovic avant de déclarer:

— C'est pas mon singe! Je viens juste de le rencontrer!

Ils ont pourtant l'air de s'entendre comme larrons en foire, de se connaître au moins depuis la garderie. Le singe, installé nonchalamment sur l'épaule de Ludovic, ne s'effarouche pas le moins du monde de la proximité de ce dernier.

— Je ne te crois pas, réplique Noémie. On voit bien que le singe te connaît depuis longtemps.

Ludovic rit encore. Qu'il est bon de se moquer des jumeaux.

— Hé! Arrête de nous raconter des blagues! Où as-tu trouvé ce singe et depuis quand l'as-tu? demande Colin, qui se prend tout à coup pour l'inspecteur Columbo.

Ludovic s'impatiente. «Mais qu'est-ce qu'ils ont à jamais me croire ces deux-là?»

— Je l'ai pas trouvé. C'est Pot-de-colle qui m'a trouvé il y a même pas deux heures et il veut pas s'en aller, affirme Ludovic avec conviction.

— Comment tu l'as appelé ton ouistiti mordeur? questionne Colin.

— C'est ça! Tu l'as, Colin! C'est un ouistiti! Hé, mais t'es bon! s'exclame Noémie avec joie.

Elle avait le mot sur le bout de la langue depuis quelques minutes. Bien sûr! Un ouistiti! Noémie ne sait pas que Colin a dit ouistiti par hasard, sans savoir qu'il tombait juste.

— Pot-de-colle est un ouistiti? Drôle de nom! s'étonne Ludovic en faisant un beau sourire au singe.

Le ouistiti, très intelligent, comprend que l'on parle de lui. Il s'excite et produit quelques joyeux cris avant d'embrasser Ludovic sur la bouche.

— Ouach! T'es fou! crie Ludovic dégoûté en repoussant l'animal.

Les jumeaux rient de bon cœur. Ce singe est vraiment très expressif.

— C'est lui, là-bas! affirme avec force une dame qui vient d'apparaître entre deux arbres et qui pointe un doigt accusateur en direction de Ludovic. C'est lui qui a volé mon chat, j'en suis certaine, explique-t-elle aux deux policiers qui l'accompagnent. Deux autres personnes, des adultes curieux, suivent le cortège avec l'espoir qu'il se passera quelque chose d'intéressant.

Les jumeaux ne comprennent pas ce qui arrive. Ludovic encore moins. Colin se demande si ce dernier n'a pas fait un autre mauvais coup. Le groupe des cinq personnes est tout près de nos jeunes amis. La dame semble enchantée d'avoir retrouvé Ludovic.

— Où as-tu caché mon chat, petit chenapan? attaque-t-elle, en agitant un index pointu sous le nez de Ludovic. Ce dernier ne sait même pas de quel chat il s'agit et, de toute façon, il n'aime pas assez les félins pour les ramener chez lui.

— Je n'ai pas caché de chat, répond-il avec sincérité.

— Tout à l'heure, tu as pris mon chat juste

devant chez moi, espèce de petit menteur, réplique la dame de plus en plus en colère.

— Est-ce que c'est vrai, jeune homme? demande un policier qui vient d'avoir la bonne idée de s'interposer.

Ludovic ne connaît pas cette femme et ne sait pas où elle habite. Il n'a pas volé de chat. Chaque fois qu'il en voit un, il le prend par la queue et le secoue un peu, histoire de s'amuser en passant. Il ne les garde jamais bien longtemps. Habituellement, le chat s'enfuit le plus vite possible. C'est très facile à comprendre: si vous étiez à la place du chat, vous feriez probablement la même chose.

— Peut-être, je ne sais pas. Je prends souvent des chats dans mes bras. Je les caresse doucement et je les redépose lentement, répond Ludovic en souriant innocemment.

— Où as-tu pris ce singe? questionne le policier qui n'a encore rien demandé.

— Je n'ai pas pris de singe. Je viens juste de le rencontrer dans le bois, se défend Ludovic.

Au même moment, Pot-de-colle s'approche de lui et lui passe un bras autour du cou.

— Il a pourtant l'air de bien te connaître, ce singe, avance le policier soupçonneux.

— Mais c'est la première fois que je le vois. Juré! Je viens de le rencontrer. Prenez-le. Ce singe n'est pas à moi, réplique Ludovic en repoussant Pot-de-colle.

Mais le singe ne veut pas du tout se séparer de son nouvel ami et il s'agrippe à lui.

— En tout cas, je t'ai vu te sauver avec mon chat, réaffirme la dame en tentant d'attirer l'attention.

Elle est déçue et outrée. L'arrivée de cette espèce de «bibitte à poils» prend tout à coup la place de son chat dans l'esprit des policiers.

— Et vous? Qu'est-ce que vous faites là? demande un policier aux jumeaux.

— Nous? Rien, on se promène. Nous cherchions Ludovic, dit Noémie en esquissant un geste en direction du garçon.

— C'est votre ami? questionne le policier sur un ton plein de sous-entendus.

— Pas vraiment, répond Colin.

— Est-ce qu'il possède ce singe depuis longtemps? reprend à brûle-pourpoint le policier.

— Je ne sais pas, soupire Colin avec sincérité.

Il est surpris d'être interrogé et se demande au juste comment répondre, d'autant plus qu'il ne sait pas si Ludovic a commis une action répréhensible.

Ludovic commence à s'énerver et il veut vraiment que le singe s'en aille. Mais plus il tente d'éloigner Pot-de-colle et plus ce dernier s'agrippe. Un vrai... pot de colle! Finalement, le nom est bien choisi.

— C'est lui qui a volé mon chat! Je le reconnais! réaffirme la dame.

— Je n'ai pas volé de chat, se défend Ludovic. Ah toi! Va-t'en! ajoute-t-il en repoussant violemment le ouistiti.

Pot-de-colle exprime bruyamment son mécontentement. Il crie, crache et culbute. Les postillons pleuvent et les hurlements de rage s'intensifient. Un policier s'approche du singe pour tenter de le maîtriser. Le ouistiti le regarde de ses yeux rebelles et méchants... Puis il saute sur le policier, arrache trois de ses boutons dorés, crache dans une de ses poches, lui mord le nez et se sauve dans les arbres avec la belle casquette et l'écusson des forces de l'ordre. Le tout exécuté en cinquante secondes. Un singe en forme!

Pot-de-colle va s'asseoir sur la plus haute branche d'un arbre centenaire et il essaie le couvre-chef. Zut! Il est beaucoup trop grand pour lui. Le ouistiti se fâche et frappe sans ménagement la casquette contre l'arbre.

— Hé! Descends et donne-moi ça tout de suite! crie, très en colère, le propriétaire de l'objet.

Il faut vous dire que la plupart des policiers tiennent à leur casquette comme à la prunelle de leurs yeux; certains vont même jusqu'à la frotter avec respect avant de la déposer sur leur crâne.

Le singe semble avoir entendu. Il descend de l'arbre et s'approche du policier. Il lui tend le chapeau et sourit. Du moins, l'expression de sa face ressemble beaucoup à un sourire. Heureux, l'agent étire le bras pour reprendre son bien. Sans crier gare, le singe lui fait une grimace géante, bruyante et mouillée. Puis, il

crie, recule et s'enfuit de nouveau avec la casquette. Le policier, rouge de rage, s'énerve et
perd son sang-froid. Il poursuit l'animal en
criant et en jurant. Heureusement que nous
n'entendons pas tous ces mots disgracieux !

Les adultes suivent le policier en courant.
Même la dame au chat, malgré son manque
d'entraînement évident, tente de rattraper les
autres. Le deuxième représentant de l'ordre
crie aux enfants : «Suivez-nous et essayez
d'arrêter le singe !» Les jumeaux et Ludovic
poursuivent eux aussi Pot-de-colle et dépas-
sent bien vite la dame au chat et les adultes.
Noémie accélère en se disant que les vieux
manquent vraiment de force dans les mollets.

La troupe disparate et plutôt comique s'enfonce dans la forêt ; à la queue leu leu, on s'es-
souffle à qui mieux mieux. Le singe se
retourne, ralentit, exécute de joyeuses cabrio-
les. Il redonne ainsi un peu d'espoir à ses
poursuivants avant de repartir sans demander
son reste. Il se moque vraiment d'eux et
s'amuse visiblement comme un petit fou.

— Hé ! Attendez-moi ! Ne me laissez pas
toute seule ! s'écrie d'une voix inquiète la propriétaire du chat volé tout en tentant d'accélérer le tempo. Elle a pris beaucoup de
retard et elle voit à peine les autres. J'espère
sincèrement qu'elle les retrouvera et qu'elle
ne se perdra pas à tout jamais en forêt...

CHAPITRE 13

Le gang prend de gros risques en multipliant ses activités illicites. «Quel homme ce Johnny!» soupire constamment Nancy. Sam n'a plus de temps à consacrer à son activité préférée. Il est trop occupé à s'enfuir avec des toutous de luxe. Simon a décidé de conserver sa moustache. Josée adore l'action; pour le moment, elle laisse donc Johnny s'imaginer qu'il est le chef incontesté tout en accumulant elle-même les coups d'éclat.

«Ce qu'il peut être laid ce chien!» pense Josée en observant sa future proie. Elle ne comprend pas comment un chien aussi laid peut valoir aussi cher. Ses petites pattes faibles peuvent à peine le porter, son corps est long et lourd, ses larges oreilles plates traînent par terre et nettoient le sol. Des oreilles si encombrantes que le chien doit sûrement trébucher en marchant dessus. Une vraie erreur de la nature ce cabot! Une laideur rare! Un caca sur pattes! Pourtant, d'après les revues spécialisées, il vaut une petite fortune.

Accompagné d'un gardien attitré, le chien balaie péniblement un sentier du parc. Josée joue à la passante tout en examinant les lieux, les sorties possibles, les cachettes...

Il serait évidemment préférable que le gardien ne la voie pas. Pour l'instant, il est tout près et ne lâche pas la laisse de l'horreur convoitée. Josée ne peut rien faire. Elle échafaude un plan. Le gros sapin tout près de la clôture est très facile à enjamber. Un bel arbre qui cacherait bien sa fuite...

Coup de chance! Le gardien libère le hideux basset pour mieux lui permettre de dégourdir ses petites pattes. L'animal roule de gros yeux rouges, tristes et globuleux, et clopine vers le sapin en se salissant les oreilles.

De sa nouvelle cachette, Josée sourit. Elle sait qu'elle va réussir. Elle profite d'un moment d'inattention du gardien pour s'élancer vers le basset et s'en emparer.

En sortant du parc, elle croise le regard de Colin, qui l'observait en secret depuis un petit moment.

🐱 🐱 🐱

Ludovic feuillette un album d'Astérix. Il s'ennuie. Il n'a pas le droit de sortir, alors il ne pense qu'à cela et cette pensée gâche le plaisir de sa lecture. Il ne comprend rien à ce qui lui arrive. On l'accuse de kidnapper des animaux et de les cacher quelque part. «C'est même pas vrai!» répond-il fortement à qui veut l'entendre. Il aurait volé Pot-de-colle dans une animalerie. «Non mais! Vous êtes fous!» a-t-il hurlé à la tête des policiers. Ce n'était sûrement pas une bonne idée. Les policiers détestent qu'on leur crie dans les oreilles, surtout lorsqu'ils viennent de perdre leur casquette. Ils n'ont pas trouvé ça drôle du tout. Et, comble de malchance, des voisins ont vu le garçon frapper un chien à coups de bâton. Ah! Ah! Son compte est bon! «Bof, c'était un très gros chien et un tout petit bâton», a répondu Ludovic en guise de défense. Je crois qu'il aurait dû s'abstenir de commenter l'affaire. «Qui ne dit mot ne s'enfonce point», a déjà affirmé un avocat de la défense à l'un de ses clients.

«Tac! Tac! Scroutch...» Ludovic entend des bruits à la fenêtre. Le vent, sûrement. Il se replonge dans sa lecture.

«Bang! bang! scroutch! scroutch!» Il jette un coup d'œil, voit bouger derrière les rideaux et décide d'aller y regarder de plus près. Il écarquille les yeux en ouvrant la fenêtre et il met un index sur sa bouche. Pot-de-colle pénètre dans sa chambre et va s'asseoir tranquillement sur le lit. Ludovic prend place à son pupitre et regarde le petit singe sans dire un mot.

Moment de rencontre et de reconnaissance. Silence. On s'observe amicalement. Ludovic se sent bien et ne comprend pas pourquoi. Il regarde Pot-de-colle et n'a pas du tout le goût de le frapper, ce qui l'étonne beaucoup.

— Il ne faut pas que tu fasses de bruit, lui dit tout bas Ludovic. Le ouistiti hoche la tête comme s'il avait compris. Il ne faut pas non plus qu'on te voie: ils vont croire que je t'ai volé, lui explique encore le garçon.

Ludovic sourit en pensant à la folle poursuite de la journée. Les policiers, les jumeaux, les curieux, la femme au chat, tout le monde essayait d'attraper Pot-de-colle. On aurait dit que le singe faisait exprès d'arrêter, de se retourner, de regarder ses poursuivants et de les narguer. L'incident le plus drôle s'était produit au moment où il avait jeté la casquette dans la rivière. Ludovic rit en revoyant la tête du policier. La casquette avait tourbillonné dans le courant avant de disparaître. Pot-de-colle avait alors exécuté une très belle culbute, comme pour fêter son geste d'éclat. Il avait ensuite souri à Ludovic et il s'était sauvé à toute vitesse.

— Comment t'as fait pour trouver ma maison? demande doucement Ludovic.

Évidemment, le singe ne répond pas. Vous ne pensiez tout de même pas que les singes pouvaient parler. S'il fallait que les animaux parlent, on ne s'entendrait plus; avec tous les bavards d'humains qui *placotent* déjà à s'étourdir. Pot-de-colle ne répond pas mais semble comprendre. Il regarde Ludovic en s'étirant les pattes. Il est très à l'aise. Il tâte l'oreiller et saute sur le lit. Puis, il se glisse sous les couvertures.

— Tu veux dormir dans mon lit? T'es pas gêné! s'exclame Ludovic en essayant de prendre un air fâché.

Le garçon sait déjà qu'il laissera Pot-de-colle dans son lit et qu'il se glissera lui-même juste à côté, même si le singe a une haleine de cheval et qu'il a oublié d'apporter sa brosse à dents.

— T'as vu? demande Colin avec emphase à Noémie. C'est la même que j'ai remarquée chez madame Gignac.

Les jumeaux sont très excités. C'est la première fois qu'ils sont témoins d'un vrai vol! Ils reconnaissent la fille du journal.

— Il faut absolument savoir où elle va, annonce Noémie avec enthousiasme.

Les jumeaux se lancent donc à la poursuite de la ravisseuse. Ils courent pendant quelques minutes. Tout à coup, Colin s'arrête et se tourne vers sa sœur:

— On devrait se séparer. Tu aurais plus de chance toute seule, parce que je crois que la fille m'a reconnu. Elle doit sûrement se douter que je la suis.

— T'as raison. Va de ton côté et essaie d'attirer son attention. Plus tard, t'arrêteras de la suivre en te faisant voir. Après elle ne se méfiera plus, explique Noémie à toute vitesse en tentant de parler le plus clairement possible tout en s'éloignant.

Colin n'a sûrement pas tout compris! D'autant plus que Noémie était déjà très loin de lui à la fin de son discours.

Je peux vous dire que les jumeaux ont eu une idée de génie. Tout à l'heure, Josée a effectivement remarqué la présence de Colin. Elle s'est tout de suite dit: «C'est encore ce petit curieux que j'ai vu l'autre fois en ramenant la chatte persane. S'il me cherche, il va me trouver!» Mais elle ne pouvait s'arrêter si près du parc pour lui dire sa façon de penser. Elle a donc décidé de poursuivre son chemin, sans toutefois aller dans la direction du repaire. Après un bon quinze minutes de course, Josée a choisi de prendre le taureau par les cornes ou, si vous préférez, de neutraliser Colin. N'ayant plus à s'inquiéter du gardien du chien, elle a tourné un coin de rue et s'est arrêtée net. Elle a attendu de pied ferme l'arrivée du petit curieux.

Colin, ne se doutant de rien, continuait à courir comme un marathonien. Il venait de voir la fille tourner à gauche à quelques coins de rue de là et il ne voulait pas la perdre de vue. Son souhait allait se réaliser! Non seulement il ne l'avait pas perdue de vue, mais il faillit se casser le nez en fonçant sur elle.

— Tu me cherches, petit morveux? demande Josée en mastiquant.

Elle soulève très facilement Colin et le tient bien serré par le chandail. Elle est si proche que Colin peut sentir le goût de framboise de sa gomme.

— Qui? Moi? Non, je ne vous cherche pas du tout, répond Colin en souriant. Je passais ici par hasard, ajoute-t-il bêtement.

Colin n'est pas gros dans ses souliers. Il ressemble à *Tweetie Bird* qui vient de se faire attraper par le chat et qui a de la difficulté à avaler tellement il a peur.

— Me prends-tu pour une cruche, petit menteur? questionne Josée en haussant le ton.

— Non! Parce que j'ai jamais vu une cruche mâcher de la gomme, réplique Colin du tac au tac. Sa réponse le surprend lui-même.

— Niaise-moi pas! J'ai pas de temps à perdre, grogne Josée en serrant Colin de plus en plus fort.

Colin cesse de plaisanter comme par enchantement. Josée le dépose et l'oblige à s'asseoir par terre.

— Vite! Enlève tes souliers! ordonne-t-elle en faisant jaillir une lame de couteau sous le nez de Colin, juste après lui avoir administré une bonne taloche.

De l'autre côté de la rue, derrière une poubelle, Noémie se fige sur place. Son sang se glace à la vue de l'arme luisante.

Colin s'exécute rapidement et tend ses espadrilles sans regimber. Josée les prend et lui explique clairement ce qu'il doit faire. Et elle ne mâche pas ses mots:

— Écoute-moi bien, mon petit baveux. C'est pas un petit morpion qui a même pas le nombril sec qui va me nuire. Compris? T'es mieux de rester tranquille. Surtout, mêle-toi de tes maudites affaires. As-tu compris? termine-t-elle en pointant toujours sous le nez de Colin son arme menaçante.

Colin avale sa salive et hoche la tête en signe d'acquiescement.

— Pot-de-colle, arrête de bouger! J'peux pas dormir. Et puis tu prends toute la couverture, dit Ludovic en le poussant doucement.

Le singe se tourne de l'autre côté et fait semblant de dormir. Ce ouistiti est incroyable! Il illustre vraiment bien le dicton *Malin comme un singe*. Ludovic tire lentement la courtepointe de son côté et attend...

Depuis qu'ils sont couchés tous les deux, ils n'arrêtent pas de jouer et de se chamailler. L'un prend la couverture de l'autre ou empiète considérablement sur la partie du lit lui appartenant. L'autre ne tarde pas à réagir en s'étirant les jambes de côté ou en jouant du coude. Ludovic a aussi constaté que Pot-de-colle était chatouilleux. Quelle joie et quelle arme! Mais il ne veut pas abuser des chatouillements, car il a déjà reçu un bon coup de tête. En effet, Pot-de-colle réagit rapidement et vivement lorsqu'il est chatouillé. Il ne se contrôle plus! Ce jeu archiamusant peut donc devenir très dangereux.

Soudain, Pot-de-colle s'enroule complètement dans la couverture. Il en prend totalement possession et se laisse tomber à côté du lit avant de rouler lentement en dessous. Ludovic ne s'attendait pas à une aussi belle riposte de la part du singe. Il se met à rire de bon cœur tout en tentant de paraître fâché, ce qui est très difficile à réaliser.

— Pot-de-colle! Donne-moi tout de suite ma couverture!

Maintenant à plat ventre sous le lit, Ludovic chatouille à ses risques et périls un Pot-de-colle remuant comme un diable.

🐱 🐱 🐱

Noémie reprend lentement son souffle. Josée s'est enfuie comme une flèche avec les souliers de Colin, prenant les jumeaux par surprise. Noémie a dû faire des efforts terribles pour ne pas perdre la ravisseuse de vue. Heureusement qu'elle a fini par ralentir, probablement certaine que Colin ne pouvait plus la suivre.

Noémie suit la voleuse avec précaution, d'autant plus que cette dernière n'a pas l'air commode. Le regard qu'elle avait en brandissant le couteau sous le nez de Colin en dit long! Noémie en a des frissons dans le dos. Elle redouble de prudence. Mais elle n'abandonne pas la filature, au contraire. Elle la poursuit même en experte, déployant des ruses de Sioux. Le danger ajoute du piquant à l'aventure.

La ravisseuse se retourne. Elle tient à s'assurer que Colin n'est plus dans les parages. Noémie se fait très discrète de l'autre côté de la rue; presque vis-à-vis de la malfaitrice, elle tâche de se fondre dans le paysage. La fille au chien jette les souliers de Colin dans une poubelle municipale et poursuit son chemin. Noémie remarque l'endroit sans s'arrêter pour autant.

La pénombre s'installe lentement et toute l'aventure devient plus inquiétante. Il y a de moins en moins de maisons. Noémie ne connaît pas ce quartier. Elle s'arrête et attend quelques minutes parce que la fille marche au milieu d'un grand champ où Noémie se ferait repérer très facilement. Dommage! Elle prend ainsi beaucoup de retard.

Bon! Noémie peut y aller. Elle accélère le pas sans courir. Elle s'inquiète, car elle vient de la perdre de vue. Ce serait trop bête d'échouer après tous ces efforts. Mais Noémie se rassure quand elle comprend que la fille s'est engagée dans un sentier du boisé situé de l'autre côté du champ. Elle pourra retrouver le chemin facilement, si la nuit ne tombe pas trop tôt. Lorsque Noémie pénètre à son tour dans la forêt, il fait beaucoup plus sombre. Elle ne voit pas la voleuse ni le chien, mais elle sait qu'elle a trouvé le bon sentier. Comment le sait-elle? Tout simplement parce qu'il n'y en a pas d'autre.

Noémie entend des bruits et des jappements. Elle avance dans cette direction, guidée par les aboiements puissants. Elle distingue enfin une vieille bâtisse délabrée, probablement un ancien garage. C'est de là que proviennent les jappements. Noémie s'approche le plus près possible. Elle cherche une ouverture, sans succès. Avec prudence, elle entreprend de faire le tour du bâtiment. Noémie sourit lorsqu'elle aperçoit une fenêtre de l'autre côté. Elle chemine lentement jusqu'au mur tout en évitant de marcher sur des branches sèches. Collée contre le mur, près de la fenêtre, elle est très excitée. Elle risque un œil à l'intérieur. La fille va déposer le basset dans une cage. Noémie scrute l'intérieur du garage. Il y a beaucoup d'animaux : des chats, des chiens, quelques perroquets, des lézards aussi. «Sûrement une grosse organisation de malfaiteurs. J'aimerais ça que Gertrude soit avec moi, elle pourrait m'aider», se dit-elle avec inquiétude. Comment agir ? La policière Gertrude Taillefer, une amie de la famille, trouverait facilement une solution intelligente.

— Hé! Qu'est-ce que tu fais là ?

Noémie a l'impression que le ciel lui tombe sur la tête. Elle s'était tellement absorbée dans ses pensées que cette brusque question, crachée bruyamment, la surprend au plus haut point. Elle vient de changer d'univers en une fraction de seconde. Elle se retourne.

— On nous espionne ? lui demande un garçon à moustache.

Deux hommes l'encadrent et ils ne semblent pas du tout apprécier sa présence.

— Non, non, j'espionne pas. Ne vous occupez pas de moi, je partais justement, dit Noémie en souriant et en tentant de s'esquiver.

Elle ne va pas très loin. On l'agrippe tout de

suite par le bras. «Qu'est-ce que je fais? Qu'est-ce que je fais?» se demande-t-elle en vitesse.

— Aaah!! Aaaahh! Au secours! Aaaaahhh!...

Noémie crie le plus fort et le plus longtemps qu'elle peut en se disant que c'est le meilleur moyen d'alerter l'entourage. D'abord surpris, les deux gars essaient bien vite de la faire taire. Le moustachu lui met une main sur la bouche. Noémie parvient à le mordre et continue à hurler comme une sirène. L'autre jeune homme, incapable de supporter un son si aigu, prend une grosse branche et la lui casse sur la tête. Noémie s'écrase pesamment au sol, inconsciente.

🐱 🐱 🐱

Ludovic et Pot-de-colle, à bout de force, dorment comme deux bébés insouciants. Ils ont tellement rigolé, joué, ri; ils se sont bousculés et chamaillés en dépensant tellement d'énergie qu'ils se sont assoupis, bien que le ciel commence tout juste à s'assombrir. Pot-de-colle a déposé sa tête dans le creux de l'épaule de Ludovic. Mignon comme tout! Si je n'étais pas un narrateur au cœur de pierre, je verserais sûrement une larme d'émotion. Quel tableau!

Si nous ne les connaissions déjà, nous pourrions croire qu'il s'agit de deux anges venus tout droit du ciel, en vol nolisé. Les pauvres

82

chérubins se seraient endormis, dans les bras l'un de l'autre, à la recherche d'un sommeil réparateur. Entre le ciel et la terre, le décalage horaire est si important et déstabilisateur que même l'ange le plus costaud doit se reposer dès l'atterrissage. Ludovic et Pot-de-colle, deux anges! La réalité nous offre parfois d'incroyables fictions!

🐱 🐱 🐱

Noémie reprend conscience. Sa tête lui semble si lourde. Des poussées dans son crâne lui font penser au bruit sourd d'un marteau sur une enclume... De l'eau glacée lui coule dans le cou. Ses cheveux dégouttent et une flaque se forme à ses pieds.

— Ah! Ah! Je vous l'avais dit qu'un bon seau d'eau froide la réveillerait, beugle Sam avec fierté.

Sam glousse d'un air benêt tellement il est ravi d'avoir eu cette idée. Une idée originale, ce n'est pas si souvent que ça lui arrive. Wow! Sam pétille. Le voilà qui fait un petit tour de piste pour bien montrer à tous, sous différents angles, la tête d'où a émergé cette bonne idée.

Simon lisse sa moustache et soupire. Josée regarde Noémie avec animosité tout en mastiquant à s'user les mâchoires. Elle réalise immédiatement que la présence de cette jeune fille dans le repaire constitue une tuile de taille. Que faire? Comment s'en débarrasser?

Josée réfléchit à toute vitesse. Ses neurones font «bip-bip». Elle s'avance vers Noémie et lui sourit.

— Bonjour. Pourquoi regardais-tu par la fenêtre? Ce n'est pas très poli, tu sais, de regarder chez les inconnus, dit Josée en prenant un ton qui se veut sympathique.

Au tour de Noémie de réfléchir à toute vitesse. Doit-elle attaquer en disant ce qu'elle sait? Ce qu'elle a vu? Elle risque de recevoir une bonne raclée ou pire encore... Jouer à l'innocente? «Peut-être. Cette fille ne m'a jamais vue.» Parler simplement d'une promenade qu'elle faisait. Pourquoi aurait-elle crié alors? Que craignait-elle? Noémie sourit à Josée sans répondre. Elle désire gagner du temps. Une intervention de Simon lui offre gracieusement le moment de répit tant espéré.

— On devrait attendre l'arrivée de Johnny avant de l'interroger, affirme-t-il avec assurance.

Josée grimpe tout de suite dans les rideaux:

— Pourquoi? Avons-nous besoin de la permission de Johnny pour parler? Faut-il lever la main comme à l'école pour aller faire pipi? Non mais! Si c'est la prison, faut le dire! Être dans un gang signifie devenir des esclaves? Des soldats au service d'un général tout-puissant? Qu'on le dise! Mais qu'on le dise! Parce que pour moi, je vous préviens tout de suite, c'est pas ça du tout.

Josée marche dignement dans le garage et

regarde Simon dans les yeux. Elle profite de l'occasion pour se faire un peu de publicité ; on la dirait en campagne électorale. Sam, tout à fait dépassé par les événements, s'est enfoncé dans le divan et plisse désespérément le front pour tenter de comprendre quelque chose au discours de Josée.

— ... Non ! D'après moi, ce n'est pas cela un gang ! Pour moi, nous formons un groupe d'amis et nous avons créé un climat de camaraderie où chacun peut librement exprimer son point de vue.

Noémie bouge les poignets et essaie de détendre ses liens. Elle est debout, les deux pieds ligotés serrés. Ses bras, quant à eux, sont attachés à deux poteaux. Elle ressemble à un *T* mouillé. Même si elle souffre à cause des liens trop serrés qui l'emprisonnent, Noémie décide de ne pas se plaindre pour ne pas interrompre le discours à l'emporte-pièce de Josée. Cette merveilleuse discussion impromptue lui permet de mieux réfléchir à sa situation délicate, car Noémie n'a pas encore décidé comment elle allait réagir et répondre aux questions. Elle est donc bien heureuse de ne plus être le centre d'attraction.

— ... Oui, continue Josée, je vous le dis, il ne faut pas qu'on se sente mal quand on vient ici. Encore moins qu'on ait peur ! Lorsque nous sommes ensemble, nous devrions éprouver du bonheur et respirer la joie de vivre.

Ouf! Sam ferme un œil et pose l'autre sur Simon. Il se demande si ce dernier comprend quelque chose aux propos de Josée. Le pauvre Sam, complètement perdu, éprouve la très nette impression d'être sur une autre longueur d'ondes. C'est un exécutant de tout premier ordre, un chapardeur extrêmement rapide, mais il est incapable de saisir les conversations plus abstraites. Simon, quant à lui, appuie en partie l'opinion de Josée, car il aimerait bien lui aussi que Johnny soit moins tyrannique. Cependant, il n'aime pas tellement la manière sournoise qu'adopte Josée pour mettre en doute le leadership de Johnny.

— Ce n'est pas moi en tout cas qui frapperait mes amis à coups de poing sur la gueule, ajoute Josée en regardant Simon d'une drôle de façon et en suspendant son discours quelques instants.

Sam a complètement décroché. Il a abandonné tout effort de compréhension et il meuble maintenant ses loisirs en se décrottant le nez.

«Bon! Une bonne chose de faite», se dit Josée avec satisfaction. Elle se retourne vers Noémie et la regarde avec sympathie.

— J'espère que tes liens ne te font pas trop mal. Veux-tu que je les desserre un peu?

Noémie fait un petit signe affirmatif avec la tête, mais elle se méfie de cette fille, qui semble très rusée. Josée s'approche et décide soudain de détacher Noémie. Elle dénoue les cordes de la main gauche et s'apprête à faire de même avec la droite lorsque Johnny entre avec un caniche rose sous le bras. Josée éclate de rire en le voyant. Elle rit si fort qu'elle en perd sa grosse boule de gomme à mâcher, qui s'écrase sur le ciment.

— Wow! Johnny, sais-tu que t'es beau avec ton chien? La couleur te va bien. Ça te prendrait ça, toi, une jolie petite coupe frisée. Vous êtes choux, durs à battre! rigole Josée, avant de se tordre franchement de rire.

Josée pète le feu! Vraiment en forme ce soir, la challengeure! Pétillante, rusée, malicieuse et astucieuse. Sam lève la tête. Il rit lui aussi, quoique de façon beaucoup plus modérée.

Simon se retourne et tente d'étouffer un rire sous sa moustache. Hélas! Celle-ci n'est pas assez épaisse et son rire, loin de s'éteindre, semble prendre de la vigueur. On voit le dos de Simon qui s'agite comme s'il avait le hoquet, puis un curieux son se fait entendre : « Ya heu! ya heu! heu ya! heu ya!...» Simon rit malgré tout. Deux forces contraires s'affrontent. Un rire étrange et déformé, sourd et contraint, parvient à faire son chemin.

Johnny ferme les yeux et s'imagine devant un jeu vidéo. Il le modifie quelque peu pour l'occasion. Josée devient une cible et les énormes missiles fusent autour de sa petite personne. Cette vision réconfortante le calme un peu et il arrive ainsi à se dominer, ou à donner aux autres l'impression qu'il se domine.

— Quand vous verrez la couleur de la

récompense..., la couleur du chien n'aura plus d'importance..., affirme Johnny avec conviction et élégance.

Pas mal ce Johnny. Quelle belle phrase tout de même! Et puis cela rime joliment. Quel rythme! Ma foi, ce sont deux alexandrins! Bravo, Johnny! En quelques mots bien tournés, Johnny parvient à stopper les rires et à reprendre le contrôle de la situation. Chapeau!

Sam plisse désespérément le front à la recherche d'une explication qui sans cesse s'enfuit. On ne rit plus et on attend.

Noémie ne peut plus passer inaperçue. Le bruit, les rires et les paroles la dissimulaient aux yeux des autres, plus particulièrement à ceux de Johnny. Malheureusement, elle redevient le point d'attraction.

— C'est qui celle-là? demande bêtement Johnny, dont la qualité du propos diminue vraiment depuis sa dernière réplique.

— On sait pas justement. On attendait que tu arrives avant de l'interroger, répond Simon avec sérieux.

Josée lève les yeux au ciel, l'air découragé. Puis, finalement, elle se dit que l'arrivée de Johnny la libère d'une décision difficile. Que vont-ils faire de Noémie? Ils ne peuvent pas la laisser partir. Elle irait tout de suite raconter son aventure à la police. S'en débarrasser? L'heure est grave!

— C'est une petite curieuse qui regardait par la fenêtre, explique Josée.

— Ah bon! soupire Johnny visiblement déçu. Tiens, mets ça dans une cage! ordonne-t-il à Sam en lui tendant dédaigneusement le caniche rose.

Johnny fait parfois preuve de beaucoup de discernement. Aussi intelligent que Josée, il comprend tout de suite la gravité de la situation et la futilité d'un interrogatoire en règle. Cette jeune fille peut leur raconter n'importe quoi. Comment être certain de la véracité de ses propos? D'autant plus que Johnny sait bien que l'on n'arrive pas ici par hasard. Le garage est si isolé qu'il serait surprenant que la petite y soit parvenue juste en faisant une promenade. Si cette fille est venue ici, c'est qu'elle suivait quelqu'un. Et si elle suivait quelqu'un, c'est qu'elle se doutait de quelque chose. Élémentaire! Elle ne peut donc être totalement innocente. Johnny s'approche de Josée.

— Qu'en penses-tu? lui demande-t-il le plus sérieusement du monde, d'une façon simple et normale, en désignant Noémie d'un mouvement du menton.

Quel culot! Comme s'il demandait toujours l'opinion de ses camarades avant de prendre une décision importante.

Oh! la! la! Josée s'étonne et se méfie. «À quoi joue-t-il? Est-il vraiment en train de changer ou essaie-t-il de me passer une patate chaude?» pense-t-elle en souriant. Elle opte pour la voie d'évitement la plus facile: elle s'en lave les mains.

— C'est toi le chef, Johnny. Je n'oserais jamais prendre les décisions à ta place. Je respecte beaucoup trop la hiérarchie, répond-elle, tout à fait baveuse et provocante.

Josée va tranquillement s'asseoir à côté de Sam. Ce dernier ne comprend pas très bien la réaction de Josée. «Me semblait qu'elle voulait décider», réfléchit-il, perplexe. Il pense à plisser le front pour essayer de comprendre. À la dernière seconde, il abandonne en se disant que, de toute façon, la vie est trop compliquée.

Noémie se tient tranquille. Elle a profité des rires qui ont accompagné l'arrivée de Johnny pour libérer sa main droite et desserrer les liens de ses pieds. Elle attend. Johnny l'observe avec attention et s'avance maintenant vers elle d'un air décidé.

— Vous allez voir que je suis capable de prendre des décisions importantes, annonce-t-il avec solennité.

Josée lève la tête. Simon regarde Johnny et attend. Sam devine qu'il va se passer quelque chose. Johnny étire la main en direction de Noémie...

Bang! Le noir total! Panne d'électricité! Bris de vitres! Bruits de chute! On ne voit rien. Des animaux s'agitent. Des cages sont jetées par terre. Des chats et des chiens s'échappent. Ça gueule dans la ménagerie! Panique!

— Qu'est-ce qui se passe? crie Josée.

Noémie s'est libérée de ses liens. Dans le

noir, elle ne sait où se diriger. Quelqu'un qu'elle connaît bien murmure son nom et la prend par la main.

— Mettez-vous devant la porte! beugle Johnny.

Simon s'oriente rapidement, puis se précipite vers la seule issue du bâtiment pour empêcher toute fuite.

— Personne ne peut sortir! crie Simon.

Les animaux ont peur; ils bougent, gueulent et s'énervent. Le vacarme est assourdissant!

— La fille s'est détachée! crie Johnny en agitant les bras à la recherche de Noémie. En se tournant, il heurte violemment Josée derrière la tête. Cette dernière jure un bon coup en tombant sur les cages. Le caniche rose sort de sa prison et la mord au derrière.

— Avez-vous une lampe de poche quelqu'un? demande Johnny.

Sam se dirige tant bien que mal vers un pupitre situé à l'autre bout du garage. Il glisse sur le vieux bidon d'essence et perd l'équilibre. Dans sa chute, il fait tomber une foule d'objets avant d'atterrir dans les bras de Johnny.

— Restez devant la porte! La fille pourra pas sortir, ordonne Josée.

Pour Colin, tout fonctionne à merveille. Il revient sur ses pas et repasse avec Noémie par une fenêtre basse, dont il a déjà brisé les vitres. Dehors, un mince rayon de lune accompagne leur fuite.

— Vos gueules! hurle Johnny.

Dans le garage, c'est la foire! Des chiens poursuivent des chats, qui se défendent furieusement en sortant leurs griffes. D'autres chiens hurlent à la lune. Le perroquet jure. Simon est toujours à son poste devant la porte.

— Avez-vous des allumettes quelqu'un? demande Josée d'une voix colérique en se frottant la fesse gauche.

Pendant ce temps, les jumeaux se tiennent par la main et courent à toutes jambes pour s'éloigner du repaire. Malgré ses pieds en sang, Colin ne ralentit pas. Ils sont au milieu du champ lorsqu'ils voient arriver des autos-patrouille, gyrophares allumés et sirènes stridentes en action. Soulagés, Noémie et Colin se dirigent vers la voiture la plus proche.

— Là-bas, dans un vieux garage, il y a des voleurs d'animaux. C'est moi qui ai demandé à la dame de téléphoner, dit Colin. Ah oui! La boîte électrique est du côté nord, à l'extérieur, ajoute-t-il, non sans fierté.

🐱 🐱 🐱

Le soleil jette déjà de chauds rayons dans la chambre. Une autre belle journée s'annonce. Ludovic ouvre les yeux et s'étire. Il bâille et se gratte le cuir chevelu tout en pensant au rêve qu'il a fait pendant la nuit. Une drôle d'histoire de gorilles dans laquelle de grands singes gentils protégeaient les humains d'une invasion d'extraterrestres hostiles à trois têtes. Quelques singes le berçaient à tour de rôle et lui chantaient des chansons à répondre. Ludovic, même s'il connaissait les paroles par cœur, ne chantait pas parce qu'il croyait que sa voix ne sonnait pas juste.

— Ouach! Ça pue dans ma chambre! s'écrie Ludovic avec dégoût, revenant abruptement à la réalité.

Il se lève pour ouvrir la fenêtre. Elle est déjà ouverte! Il s'inquiète. Sa chambre «sent le diable», même si l'air y pénètre librement! L'heure est grave!

«Pot-de-colle! Ça doit être à cause de lui!» pense Ludovic, plutôt étonné. Il n'avait pas remarqué que le ouistiti dégageait un tel parfum. «Hier, il ne sentait pas aussi mauvais.» Ludovic s'agite. S'il fallait que sa mère arrive à l'improviste! Il ne pourrait plus jamais laisser entrer le ouistiti. «Je devrais peut-être le laver.» En envisageant cette éventualité, Ludovic s'assombrit. Lui-même ne raffole pas des bains et il devine que s'occuper d'un animal demande beaucoup d'efforts et d'attention. En est-il capable? «Ce singe ne m'appartient même pas! Que puis-je faire?» Un drame en vue! Un malheur en tête! Il veut maintenant garder Pot-de-colle, malgré l'odeur, malgré tout. Il ressent quelque chose de tout nouveau, un attachement subit et profond. Juste à imaginer le départ définitif du singe, il éprouve une grande tristesse et il a l'impression désagréable de côtoyer un grand vide.

«Il faut que je fasse quelque chose», s'emporte Ludovic. Il ouvre tout d'abord la fenêtre au maximum avant de se diriger vers le ouistiti.

— Pot-de-colle, réveille-toi! Pot-de-colle! Ludovic touche l'épaule du singe à plusieurs reprises, sans succès. Mais ce ouistiti dort comme une bûche! Vous parlez d'un animal sauvage! S'il vivait dans la jungle, il aurait le temps d'être dévoré au moins dix fois par un léopard avant de se réveiller. Pot-de-colle! Vite! Ludovic secoue maintenant le singe avec énergie et lui crie aux oreilles: Debout, gros paresseux!

Finalement, Pot-de-colle ouvre mollement un œil et sort un bras. Calme comme un sage et indolent comme un pacha, le ouistiti se réveille à pas de tortue. Ludovic s'impatiente.

— Dépêche! Il va falloir que tu sortes avant l'arrivée de ma mère. Sinon tu pourras plus revenir ici.

Pour accélérer le réveil de l'animal, Ludovic enlève toutes les couvertures d'un geste sec. Mon Dieu que ça pue! Un parfum d'horreur! Pot-de-colle bouge un peu, s'étire, change de place. Ludovic n'en revient pas!

— Mais! Mais! Mais! Pot-de-colle! Quel cochon majuscule! T'es pas croyable! T'as fait caca dans mon lit!

Vous vous doutiez bien que, même pieds nus, Colin n'avait pas abandonné la poursuite. Après le départ en trombe de Josée avec ses souliers sous le bras, Colin avait repris son souffle et couru de toutes ses forces dans la direction qu'avait prise la voleuse de chien. L'arme de la fille et son regard d'acier avaient stimulé l'impérieux besoin de Colin de prêter main-forte à sa sœur.

Il voyait Noémie au loin même s'il perdait constamment du terrain. Puis, après une quinzaine de minutes de course, il la perdit complètement de vue. Il continua tout de même sa poursuite, à l'affût du moindre indice. La chance vint à son secours : à partir du moment où il cessa de voir sa sœur, la route devint moins compliquée. Colin marchait avec inquiétude. «Si elle se fait prendre ! Tout peut arriver ! Peut-être que je ne la reverrai plus jamais !» Il imaginait des histoires horribles, des monstruosités qui, malheureusement, peuvent toujours survenir dans notre monde parfois si cruel. «Comment savoir ? Comment être certain qu'il s'agit du bon chemin ?» se demandait-il constamment. Puis, il arriva près d'un champ qu'il regarda longtemps, hésitant à le traverser. À cause de ses pieds nus, il décida, plutôt à contrecœur, de continuer sur la route. Cependant, quelque chose l'attirait irrésistiblement dans la direction du champ. Aucun indice ne lui indiquait pourtant cette piste plutôt qu'une autre. Il marchait lentement lorsqu'il entendit un cri terrible. Un hurlement de sirène!

Son sang ne fit qu'un tour! Colin eut l'impression que son cœur cessait de battre lorsqu'il reconnut Noémie dans ce cri plein d'énergie. Tout de suite, il se mit à courir à travers le champ, en direction du boisé d'où venait le cri. Colin venait de pénétrer dans une autre dimension du temps, une seconde devenait un siècle au cours duquel tout pouvait arriver. Il fallait faire vite!

Il avait déjà parcouru la moitié du champ lorsqu'il s'arrêta net et rebroussa chemin. Une idée s'imposa à lui: il devait à tout prix prévenir la police avant d'aller vers le bois car, de là, il ne pourrait plus demander d'aide. Il chercha en vain une cabine téléphonique. Il eut un frisson en repensant au cri terrible de Noémie. Il se dirigea rapidement vers la maison la plus rapprochée et sonna frénétiquement. Une dame très âgée vint ouvrir.

— Madame! Voulez-vous appeler la police et leur dire de venir vers ce boisé? Ma sœur est en danger! expliqua-t-il en indiquant d'un geste l'endroit et en piétinant d'impatience.

— Oui. J'appelle tout de suite, répondit la dame sans douter une seconde de la véracité des propos du jeune inconnu.

Colin retourna à toute vitesse en direction du boisé. Il tendit vainement l'oreille. Il cherchait des indices ou une piste à suivre. Il allait se décourager lorsqu'il vit, au loin, un jeune homme anxieux avec un chien dans les bras. Colin pensa tout de suite que ce garçon devait aller retrouver la fille du journal. Il le suivit en se cachant. Johnny ne se douta de rien.

Lorsqu'il vit sa sœur attachée, prisonnière d'une bande de dangereux bandits, Colin chercha fébrilement un moyen de la libérer. Il fit sans bruit le tour du garage et aperçut une fenêtre basse bien dissimulée par un bosquet. De l'intérieur, cette ouverture était partiellement obstruée par quelques planches et autres objets disparates. Noémie ne se trouvait qu'à deux mètres de cette fenêtre. Colin sourit. Un plan d'évasion commença aussitôt à s'échafauder dans sa tête. Il refit le tour du garage, vit une vieille poubelle et décida de l'approcher de la fenêtre pour s'en servir plus tard comme bélier. En voyant la boîte électrique grise, Colin ricana de contentement et mit un point final à l'élaboration du plan d'évasion. Il passa à l'action.

Noémie et Colin, assis sur la plus haute marche de l'escalier du poste de police, regardent avec une pointe d'attendrissement Ludovic et Pot-de-colle qui s'approchent. Ces deux-là ont tellement appris à se connaître et à s'apprécier qu'ils dégagent une aura d'harmonie. Ils sont toujours contents d'être ensemble et s'attristent de l'absence de l'autre. La journée d'aujourd'hui représente donc un moment terrible car ce qu'ils doivent accomplir leur brise le cœur. Ludovic vient rendre Pot-de-colle à son ancien propriétaire, le patron de l'animalerie *Patou, Princesse, Boubou et compagnie*. À cette seule idée, il se sent mal.

Tout allait si bien! Depuis cette terrible nuit nauséabonde, pendant laquelle Pot-de-colle avait osé déféquer sur le lit même de son ami, tant de choses se sont passées. Durant ces deux semaines, Pot-de-colle a appris à faire ses besoins aux toilettes avant d'aller se coucher. Il a compris rapidement le fonctionnement des robinets, de la chasse d'eau, du lavabo. Il éprouve encore quelques difficultés avec la dimension du bol de toilette. Un ouistiti, ce n'est pas très gros et le rebord peut parfois être glissant! Il a par contre résolu la question suivante: où mettre la queue? Depuis le jour où il est tombé dans l'eau, Pot-de-colle est prudent et il se tire très bien d'affaire. Tout va mieux maintenant, même s'il est persuadé que les dimensions de cet accessoire conviennent mieux aux postérieurs des gorilles qu'à ceux des ouistitis. Pendant ces deux semaines, Ludovic a même réussi à convaincre sa mère d'accepter la présence du singe dans la maison. Pour être franc, disons que Pot-de-colle a séduit la mère de Ludovic en lui apportant le journal et en exécutant quelques tours rigolos.

— Il est gentil, intelligent et tout, mais il pue tellement, a déploré la mère de Ludovic.

— S'il était plus propre, est-ce qu'on pourrait le garder? s'est empressé de demander Ludovic. Devant l'hésitation de sa mère, il a tout de suite ajouté : Si on le garde, je vais toujours faire mes devoirs sans rouspéter et je ne ferai plus jamais mal aux animaux.

La mère de Ludovic souhaite évidemment le bonheur de son fils et elle se réjouit de voir qu'il veut s'améliorer. Cependant, elle ne croit pas du tout que Pot-de-colle puisse vraiment devenir propre. Après tout, ce singe est un animal sauvage.

Surprise! Non seulement Pot-de-colle a accepté de prendre un bain, il y a même pris goût et il se savonne maintenant avec plaisir chaque jour. Ludovic croyait donc qu'il n'y avait plus de problème et que Pot-de-colle pourrait toujours rester à la maison.

— Quoi! Rendre Pot-de-colle! s'écria Ludovic en laissant tomber le combiné.

Cette nouvelle l'assomma et il ne mangea plus pendant deux jours. Ensuite, il eut une idée super : «On va acheter Pot-de-colle !» Sa mère était d'accord, en principe, sauf que le prix demandé était exorbitant.

— Quatre mille dollars ! Ludovic, tu n'y penses pas sérieusement ? s'écria-t-elle.

Ludovic, à court d'idées, à bout d'arguments, dut se résigner et accepter l'intolérable : rendre Pot-de-colle.

— Bonjour, Ludovic ! dit Colin.

Ludovic sourit tristement et ne répond pas. Noémie fait un geste d'accueil de la main et passe son bras autour des épaules de Ludovic. Colin ouvre la lourde porte du poste de police et tous entrent silencieusement.

Le propriétaire de l'animalerie est là. Bien que Noémie et Colin lui aient déjà parlé avec insistance de la grande affection qui s'est développée entre le singe et Ludovic, l'homme s'étonne tout de même en voyant son animal tenir tendrement la main du jeune garçon. Il se félicite d'avoir finalement accepté la proposition des jumeaux. Il faut dire que ces derniers ont palabré tels de grands avocats et qu'ils ont défendu la cause de Ludovic avec intelligence et conviction.

— Comment t'as fait ? Caligula est si farouche d'habitude ! demande Jean-Pierre Durand à Ludovic.

Celui-ci hausse les épaules sans répondre et verse une larme. Des policiers vont au-devant des enfants et les invitent à entrer dans une grande salle. Ludovic et Pot-de-colle pénètrent les premiers, suivis de près par les jumeaux.

Ces derniers espèrent sincèrement que toutes leurs démarches vont porter fruit. Ils n'en ont pas la certitude, même si le chef de police leur a affirmé qu'il était d'accord. Il faut que ça marche! Ludovic et Pot-de-colle s'entendent si bien. Et Ludovic qui s'est transformé comme par magie en ami des animaux! Formidable! Pot-de-colle a donc très bien réussi là où les jumeaux avaient échoué. Ce petit ouistiti a ouvert le cœur de Ludovic et lui a permis de découvrir un univers de tendresse et le respect de toute forme de vie. Et il faudrait qu'ils se séparent? Jamais!

Ils font peine à voir ces deux-là. On dirait deux condamnés à mort tellement ils avancent lentement et ont l'air abattu. Même le chef de police est touché par la tristesse de Ludovic.

Le propriétaire de l'animalerie est encore sous le choc. Son singe semble si calme et en confiance avec Ludovic. Monsieur Durand s'approche de Caligula. (Je préfère Pot-de-colle comme nom, c'est beaucoup plus amical.) Le singe saute alors dans les bras de Ludovic et se blottit dans le creux de son épaule.

— Vous avez vu? Pas croyable! Caligula! s'étonne encore monsieur Durand. Caligula est devenu beaucoup plus doux! ajoute-t-il avec emphase. Comme personne ne réagit, le propriétaire de l'animalerie se tourne vers le chef de police et dit :

— Dire que mon singe était une vraie petite peste avant !

Le chef de police hoche la tête tout en pensant : « Il paraît que le garçon aussi était une vraie peste. » Il connaît l'importance de la transformation de Ludovic. Les jumeaux lui ont raconté, en long et en large, à quel point Ludovic avait changé pour le mieux. Ils ont même fait venir sa tante et sa mère. Bien qu'ébranlé par ce vibrant plaidoyer, le chef de police avait répondu :

— Malheureusement, ce singe appartient légalement au propriétaire de l'animalerie et votre ami ne peut le garder, à moins de l'acheter.

Noémie et Colin avaient donc décidé d'aller voir le propriétaire du singe et de lui expliquer pourquoi il était si important de ne pas séparer Ludovic et Pot-de-colle. Après plus d'une heure d'un discours convaincant, monsieur Durand, touché par autant d'arguments intelligents, acceptait de baisser son prix de moitié.

Les jumeaux avaient discuté avec leurs parents et ils étaient ensuite allés rencontrer la mère de Ludovic. Finalement, ils étaient retournés au poste de police.

— Monsieur le chef de police, acceptez-vous de faire un effort ? Monsieur Durand demande maintenant deux mille dollars. Moi et ma sœur Noémie sommes prêts à donner cent quarante dollars et la mère de Ludovic quatre cents. Il ne manque que 1460 $, affirmait Colin avec énergie.

— Et n'oubliez pas que Ludovic peut devenir un délinquant s'il est séparé de son singe, avait ajouté Noémie.

Le chef de police dodelinait de la tête, hésitait.

— Ce serait trop triste et trop injuste d'enlever Pot-de-colle à Ludovic. Dans la vie il faut parfois se montrer généreux et faire preuve de compassion. Une bonne action n'est jamais perdue et vous le savez mieux que personne, monsieur le chef de police, avaient dit les jumeaux en terminant leur défense.

— Bon, d'accord. Je vais voir ce que je peux faire. Probablement que le Fonds d'aide à la jeunesse du Syndicat des policiers pourra contribuer.

— Sûr et certain? avaient insisté Noémie et Colin.

— Presque.

Ludovic attend, Pot-de-colle dans les bras. Les jumeaux sont en retrait. Monsieur Durand n'ose pas brusquer les choses. Tout à coup, le policier entraîne Colin et Noémie à l'écart.

— Le syndicat accepte de donner le singe à votre ami Ludovic. J'ai un chèque de deux mille dollars pour monsieur Durand.

— Vous payez tout? s'exclame Colin.

Le chef de police sourit en hochant la tête. Les enfants se jettent à son cou et l'embrassent.

— Vous méritez de l'annoncer vous-même à Ludovic. Vous avez plaidé sa cause avec tant d'énergie et de talent, affirme le policier.

Noémie et Colin sont très fiers. Ils se retournent et s'avancent cérémonieusement vers Ludovic.

— Mon cher Ludovic, nous avons le plaisir de t'annoncer officiellement une grande nouvelle: monsieur Durand, ici présent et propriétaire du singe, et le Syndicat des policiers t'offrent Pot-de-colle en cadeau, proclament les jumeaux avec décorum et émotion.

Ludovic ouvre de grands yeux surpris: il n'est pas certain d'avoir bien compris. Il mitraille le propriétaire de l'animalerie et le policier de questions.

— Hein? Quoi? Comment? C'est vrai? Pour toujours?...

Le policier sourit et explique à Ludovic que monsieur Durand a accepté de baisser considérablement le prix demandé et que le Fonds d'aide à la jeunesse du Syndicat des policiers peut donc acheter le singe et le lui offrir. Car, à bien y penser, c'est vraiment une bonne façon de venir en aide à la jeunesse. Il termine en disant:

— Tu peux remercier tes deux amis. Ils ont travaillé fort pour nous convaincre.

— Oh oui! Vous pouvez le dire! s'exclame le propriétaire de l'animalerie.

Ludovic embrasse Pot-de-colle et le serre contre lui. Il pleure de bonheur.

— Merci beaucoup! dit-il aux jumeaux avec gratitude.

— Mais voyons, c'est rien. Ça nous a fait plaisir. Des amis, ça sert à quoi, tu penses?

Christian Lemieux-Fournier a toujours aimé s'inventer des histoires farfelues, se raconter des choses et recréer le monde en jouant avec les mots. Tout jeune, en route vers l'école, il était tantôt hockeyeur, tantôt espion ou alpiniste, parfois même une montagne, un nuage ou tout simplement le vent. Il était ce qu'il désirait être, au gré de sa fantaisie.

Maintenant, il est plus vieux, il a moins de cheveux et il a deux enfants, mais il n'a pas grandi, ou si peu.

La preuve : il s'invente encore des histoires.

Avec les aventures rocambolesques des jumeaux géniaux, il accepte enfin de partager ses histoires avec nous.

Il espère que Noémie et Colin plairont à tous les jeunes et les aideront à réinventer le monde.

ACHEVÉ D'IMPRIMER
EN SEPTEMBRE 1997
SUR LES PRESSES DE
PAYETTE & SIMMS INC.
À SAINT-LAMBERT (Québec)